Contents

くまクマ熊ベアー14

▶ユナ'S STATUS_

名前：ユナ
年齢：15歳
性別：女

▶クマのフード（譲渡不可）
フードにあるクマの目を通して、武器や道具の効果を見ることができる。

▶白クマの手袋（譲渡不可）
防御の手袋、使い手のレベルによって防御力アップ。
白クマの召喚獣くまきゅうを召喚できる。

▶黒クマの手袋（譲渡不可）
攻撃の手袋、使い手のレベルによって威力アップ。
黒クマの召喚獣くまゆるを召喚できる。

▶黒白クマの服（譲渡不可）
見た目着ぐるみ。リバーシブル機能あり。
表：黒クマの服
使い手のレベルによって物理、魔法の耐性がアップ。
耐熱、耐寒機能つき。
裏：白クマの服
着ていると体力、魔力が自動回復する。
回復量、回復速度は使い手のレベルによって変わる。
耐熱、耐寒機能つき。

▶黒クマの靴（譲渡不可）
▶白クマの靴（譲渡不可）
使い手のレベルによって速度アップ。
使い手のレベルによって長時間歩いても疲れない。耐熱、耐寒機能つき。

◀くまゆる（子熊化）
▼くまきゅう

▶クマの下着（譲渡不可）
どんなに使っても汚れない。
汗、匂いもつかない優れもの。
装備者の成長によって大きさも変動する。

▶クマの召喚獣
クマの手袋から召喚される召喚獣。
子熊化することができる。

スキル

▶異世界言語
異世界の言葉が日本語で聞こえる。

話すと異世界の言葉として相手に伝わる。

▶異世界文字
異世界の文字が読める。

書いた文字が異世界の文字になる。

▶クマの異次元ボックス
白クマの口は無限に広がる空間。どんなものも入れる（食べる）ことができる。

ただし、生きているものは入れる（食べる）ことはできない。

入れている間は時間が止まる。

異次元ボックスに入れたものは、いつでも取り出すことができる。

▶クマの観察眼
黒白クマの服のフードにあるクマの目を通して、武器や道具の効果を見ることができる。

フードを被らないと効果は発動しない。

▶クマの探知
クマの野性の力によって魔物や人を探知することができる。

▶クマの召喚獣
クマの手袋からクマが召喚される。

黒い手袋からは黒いクマが召喚される。

白い手袋からは白いクマが召喚される。

召喚獣の子熊化：召喚獣のクマを子熊化することができる。

▶クマの地図 ver.2.0
クマの目が見た場所を地図として作ることができる。

▶クマの転移門
門を設置することによってお互いの門を行き来できるようになる。

３つ以上の門を設置する場合は行き先をイメージすることによって転移先を決めることができる。

この門はクマの手を使わないと開けることはできない。

▶クマフォン
遠くにいる人と会話ができる。

作り出した後、術者が消すまで顕在化する。物理的に壊れることはない。

クマフォンを渡した相手をイメージするとつながる。

クマの鳴き声で着信を伝える。持ち主が魔力を流すことでオン・オフの切り替えとなり通話できる。

▶クマの水上歩行
水の上を移動することが可能になる。

召喚獣は水の上を移動することが可能になる。

▶クマの念話
離れている召喚獣に呼びかけることができる。

魔法

▶クマのライト
クマの手袋に集まった魔力によって、クマの形をした光を生み出す。

▶クマの身体強化
クマの装備に魔力を通すことで身体強化を行うことができる。

▶クマの火属性魔法
クマの手袋に集まった魔力により、火属性の魔法を使うことができる。

威力は魔力、イメージに比例する。

クマをイメージすると、さらに威力が上がる。

▶クマの水属性魔法
クマの手袋に集まった魔力により、水属性の魔法を使うことができる。

威力は魔力、イメージに比例する。

クマをイメージすると、さらに威力が上がる。

▶クマの風属性魔法
クマの手袋に集まった魔力により、風属性の魔法を使うことができる。

威力は魔力、イメージに比例する。

クマをイメージすると、さらに威力が上がる。

▶クマの地属性魔法
クマの手袋に集まった魔力により、地属性の魔法を使うことができる。

威力は魔力、イメージに比例する。

クマをイメージすると、さらに威力が上がる。

▶クマの電撃魔法
クマの手袋に集まった魔力により、電撃魔法を使えるようになる。

威力は魔力、イメージに比例する。

クマをイメージすると、さらに威力が上がる。

▶クマの治癒魔法
クマの優しい心によって治療ができる。

▶CHARACTERS_VOL. 14

クリモニア

フィナ

ユナがこの世界で最初に出会った少女、10歳。母を助けてもらった縁で、ユナが倒した魔物の解体を請け負う。ユナになにかと連れまわされている。

シュリ

フィナの妹、7歳。母親のティルミナにくっついて「くまさんの憩いの店」なども手伝うとってもけなげな女の子。くまさん大好き。

ティルミナ

フィナとシュリの母。病気のところをユナに救われる。その後ゲンツと再婚。「くまさんの憩いの店」などのもろもろをユナから任されている。

ゲンツ
クリモニアの冒険者ギルドの魔物解体担当官。フィナを気にかけており、のちティルミナと結婚。

ノアール・フォシュローゼ

愛称はノア、10歳。フォシュローゼ家次女。「クマさん」をこよなく愛する元気な少女。

クリフ・フォシュローゼ
ノアの父。クリモニアの街の領主。ユナの突拍子もない行動に巻き込まれる苦労人。きさくな性格で、領民にも慕われている。

シェリー

孤児院の女の子。手先の器用さを見込まれ裁縫屋さんで修業中。ユナから、くまゆるとくまきゅうのぬいぐるみ作製の依頼も受ける。

ボウ
孤児院院長。補助金が打ち切ら孤児院が困窮したときも、献身的に支えてきた。

リズ
孤児院の先生。院長のボウと一緒に子供たちをしっかり育てている。

テモカ
クリモニアの街の裁縫屋。シェリーが弟子入りしている。

ナール
テモカの妻。旦那の裁縫屋で、接客などの手伝いをしている。

モリン
元王都のパン屋さん。店のトラブルをユナに助けられ、その後「くまさんの憩いの店」を任される。

カリン
モリンの娘。母と一緒に「くまさんの憩いの店」で働くことに。母に負けずパン作りが上手。

ネリン
モリンの親戚。モリンを訪ね王都へと来たところ、ユナに出会う。のち、モリンの店のケーキ担当に。

アンズ

ミリーラの町の宿屋の娘。ユナからその料理の腕を見込まれ勧誘を受ける。父の元を離れ、クリモニアで「くまさん食堂」を任されることに。

ニーフ
アンズの店で働くためシーリンの町からクリモニアの街にやってくるが、孤児院で働くことに。

セーノ
アンズの店で働くためやってきた一番年下の女性。

フォルネ
アンズの店で働くためやってきた、アンズやセーノさんのお姉さん的な存在の女性。

ベトル
アンズの店で働くためやってきた、真面目な女性。

ルリーナ
デボラネとパーティーを組んでいた女性冒険者。ユナの店の護衛につくなど、ユナと親好を深める。

ギル
デボラネのパーティーの無口な冒険者。のちデボラネと別れ、ルリーナとの行動が多くなる。

王都

エレローラ・フォシュローゼ
ノアとシアの母、35歳。普段は国王陛下の下で働いており、王都に住んでいる。なにかと顔が広く、ユナにいろいろと手を貸してくれる。

シア・フォシュローゼ
ノアの姉、15歳。ツインテールで少し勝気な女の子。王都の学園に通う。ユナが、ノアの護衛で王都に来たときに知り合う。

フローラ姫
エルファニカ王国の王女。ユナを「くまさん」と呼び慕っている。絵本やぬいぐるみをプレゼントされたりと、ユナからも気に入られている。

フォルオート王
エルファニカ王国国王。国家の陰謀をユナに救われる。自らクマハウスまで赴き、プリンの作製を依頼するなど、少しフランクな国王。

シーリン

ミサーナ・ファーレングラム
愛称はミサ。国王の生誕祭へと向かう道中、魔物に襲われているところをユナに助けられる。10歳の誕生日パーティーにユナたちを招待した。

グラン・ファーレングラム
ミサの祖父。王都への道中、魔物に襲われていたところをユナに救われる。シーリンの街領主。

マリナ
グランの護衛をしていた女性冒険者。ユナとはミリーラの町で再会。一緒にビッグモグラ退治をした。

エル
マリナのパーティーの巨乳の魔法使い。ミリーラの町でユナと再会したときは名前を忘れられていた。

ミリーラ

ダモン
ユナが初めて海へ向かう道中で助けた、ミリーラの町の漁師

ユウラ
ダモンの妻。ダモンをきっちり取り回す、パワフルな女性。

351 クマさん、国王に報告する

国王に譲ったクラーケンの魔石をデゼルトの街に運ぶ依頼は、無事に遂行することができた。

そして、役目を終えたわたしは、カリーナと別れ、デゼルトの街で購入した家に設置したクマの転移門を使って、王都にあるクマハウスに戻ってきた。

行くのは大変だったけど、クマの転移門を設置したから帰りは楽だ。巨大なスコルピオンを倒すことにも活用できたし、本当にクマの転移門は便利だ。


さて、戻ってきたはいいけど、すぐに報告に行くと、クマの転移門を知らない国王に、こんなに早くわたしが戻ってきたのを怪しまれ、面倒なことになりそうなので、ここでも時間調整をすることにする。

そこで、お城には明日行くことにして、久しぶりに王都のクマハウスの掃除をすることにする。あまり掃除もしていなかったので、ホコリが溜まっている。

くまゆるとくまきゅうに手伝ってもらい、布団を干したり、部屋の掃除をしたり、洗濯などをして1日を過ごし、夜はくまゆるとくまきゅうと一緒に眠る。

そして翌日、昼過ぎまで寝たわたしは、3時のおやつの時間になる頃にお城に向かう。

このぐらい時間を潰せば、怪しまれないはずだ。

それにしても、久しぶりに、よく寝た。

くまゆるとくまきゅうに起こさないでと頼んだら、昼過ぎまで寝てしまった。

デゼルトの街ではいろいろとあったから、精神的な疲れも溜まっていたのかもしれない。


わたしが、いつもどおりにクマの格好でお城に向かっていると、後ろから走ってくる足音が聞こえた。

なんだろう？

わたしが後ろを振り返ると、「ユナ！」と叫びながら美少女が抱きついてきた。

「ティリア？」

抱きついてきたのは制服姿のティリアだった。

「ユナ、こんなところでどうしたの？　もしかして、お城に向かうところ？」

「そうだけど、ティリアは学園の帰り？」

まあ、学生服だし、当たり前だよね。

「はい。それでお城に向かっていたら、特徴のある後ろ姿が前を歩いているから、走ってきちゃった」

そんな可愛い笑顔で言われても困る。

「ティリアは歩いて帰ってきているの？」

「そうですよ」

「お姫様なのに？　馬車を使ったり、護衛に守られながらじゃないの？」

「行きは馬車を使いますが、帰りは友達と帰ったりしますので、歩きですよ」

厳重な護衛に守られているかと思ったけど違うらしい。学園祭のときも護衛はいなかったけど、馬車も使っていないのは意外だ。お姫様が一人で出歩いていいのかな？

ティリアの父親である国王を思い浮かべると、一人でクマハウスまで来たこともある。自由な王族なのだと納得しておく。考えるだけ無駄だ。

「それでユナはフローラに会いに行くの？」

わたしは首を振る。フローラ姫に会いに行くほうが気が楽だったけど、今日は違う。

「今日は国王陛下に頼まれた仕事を終えたから、その報告に行くところ」

「お父様に仕事を頼まれていたのですか？」

「冒険者だからね。変な仕事じゃなければ引き受けるよ」

心の中で、あと暇だったらと、付け足しておく。


ティリアと何気ない話をしながらお城に向かっていると、城門の前に着いた。

「ティリア様、お帰りなさいませ」

門兵が出迎えてくれる。

「ただいま」

「それと、ユナ殿も一緒ですか？」

「そこで、偶然にね」

兵士はわたしの対応にも慣れたものだ。驚かれることはもうほぼない。

たまに、違う人がいると驚かれるけど。わたしを知っている人が門に立っていることが多い。

「中に入っていい？　今日は国王陛下に会いたいんだけど」

「はい、大丈夫です。ユナ殿が来られましたら、国王陛下のところに案内するように言われています」

どうやら、ちゃんと伝言されていたらしい。

「それでは、わたしがお父様のところに連れていきますね。ユナ、行きましょう」

ティリアは、案内しようとした門兵を止め、わたしのクマさんパペットを摑むと歩きだす。

兵士は何も言わずに黙って、わたしたちを見送る。

トコトコ歩いていると、見知った人物がやってくる。

「あら、ユナちゃんにティリア様」

声をかけてきたのは、どんな仕事をしているか謎の人物、エレローラさんだ。

「エレローラさん。また、サボりですか？」

「ユナちゃんまで、国王陛下みたいなことを言うのね。息抜きの散歩よ。それで、ユナちゃんとティリア様がどうして一緒に？」

「ユナがお父様のところに行くと言うので、案内するところです」

わたしの代わりにティリアが説明してくれる。

エレローラさんは少し考え込むと、「それじゃ、わたしも一緒に行こうかしら」と言いだす。もう、「仕事はいいんですか？」なんてツッコミはしない。いつものことだ。

「別に遊びに行くわけじゃないよ。仕事の報告をしに行くだけだから、食べ物は出ないよ」

勘違いされても困るので、それだけは言っておく。

「今の言葉で、ユナちゃんがわたしのことをどう思っているか、分かった気がするわ」

合っているよね？　いつもフローラ様のところに行くと、どこからともなく嗅ぎつけて、毎回食べ物を食べに来るよね？

「ほら、ユナちゃん、行くわよ」

わたしはティリアとエレローラさんに左右から腕を組まれると、連行されるように、歩いていく。

そしてやってきたのは、何度か来たことがある執務室。

「お父様、入ります」

中からの返事を待たずにティリアはドアを開けて、３人で部屋の中に入っていく。

「ティリア？　今は仕事中だ。……ユナ？　それにエレローラ？」

書類に目を通していた国王がティリアのほうを見て、隣にわたしとエレローラさんがいることに気付く。

「ユナ、もう戻ってきたのか」

「つい、さっき」

嘘だけど。

「それでどうして、ティリアとエレローラが一緒にいるんだ？」

「学園から帰ってくるときに、可愛く尻尾を振っているユナを見つけて。それで話を聞けばお父様のところに行くと言うので、わたしが連れてきました」

わたし、尻尾なんて振っていないよ。普通に歩いていただけだよ。

「わたしは散歩をしていたら、可愛いクマさんを見つけたからついてきたの」

エレローラさんはティリアの真似をして可愛く言う。

「おまえは仕事をしろ」

国王は呆れたように言う。でも、エレローラさんは平然と「しているわよ」と答える。

散歩していたって言った口がよく仕事しているとか言えるよ。わたしは国王同様に呆れる。

「分かった。ユナを連れてきてくれたことに感謝する。２人とも下がっていいぞ」

国王は面倒臭そうに手を振って、エレローラさんとティリアを部屋から追い出そうとする。

「なに？　2人っきりで、なにをするの？　ユナちゃんはまだ、子供よ」

エレローラさんがわたしの前に立って、守ろうとする。

「お父様！」

「し・ご・と・の・は・な・し・だ」

「冗談よ。そんなにムキにならなくても」

「おまえがバカなことを言うからだ。娘に悪影響を与えるから、バカな発言はやめろ」

もう、遅いと思う。すでに悪影響は受けていると思うよ。いつも、こんなことをティリアの前で言っているから、ティリアの発言もそんなことになるんだね。

間違いなく、あのおっとりした王妃様より、エレローラさんの影響のほうが大きいと思う。

とりあえず、コントに付き合っている暇はない。

「わたし、報告して、早く帰りたいんだけど」

「2人がいて問題がないなら、報告しろ。できないなら、2人を追い出せ」

国王は、2人の扱いをわたしに決めさせるみたいだ。

わたしは2人を見る。2人は笑顔を返してくる。これは簡単に出ていきそうもない。

別に隠すようなことではないし、追い出すのも面倒くさいので、さっさと国王に報告して帰ることにする。

「ちゃんと、届けてきたよ」

「それで、どうにかなりそうだったか？」

　まあ、気になるよね。

「まあ、いろいろとあったけど、水の魔石のおかげで水不足も解消されたから、心配はないよ」

「そうか」

　国王はわたしの言葉に安堵する。デゼルトは国境地帯にある重要な街だ。あの街がなくなれば、隣の国との交流が簡単にできなくなることは、わたしでも理解できる。

「あと、バーリマさんから依頼達成書と、今回のことについての手紙を預かっているよ」

　わたしは国王にバーリマさんから預かった手紙を、クマさんパペットで咥えて渡す。国王は微妙な顔で、クマさんパペットから手紙を受け取り、目を通していく。すると、表情が徐々に変わっていく。

　そして、読み終わると額に手を置いて溜め息を吐き、わたしのことを見る。

「もしもの場合を考えて、おまえさんに行ってもらったが、こんなことになっていたとはな」

「確か、ユナちゃんにはデゼルトの街に水の魔石を持っていってもらったのよね？」

「ユナさん、デゼルトまで行ったんですね。それで、ユナさんは、なにかしたんですか？」

「デゼルトのみんなが困っていたから、ちょっと手を貸しただけだよ」

「これを少しだと言うのか？」

国王が手紙を持ったまま、呆れたように言う。

「なんて書かれていたの？」

エレローラさんが尋ねると、国王は無言のまま手紙を彼女に差し出す。

エレローラさんは、その手紙を受け取ると目を通す。

「わたしにも見せてください」

ティリアもエレローラさんの隣に移動して、手紙を見ようとする。

「見せるの？」

「俺は先ほど、2人に知られてもよいなら、そのまま報告しろと言ったはずだぞ」

確かに言ったけど。

どうやら、わたしの責任らしい。

「ユナちゃん、ここに書かれていることは本当なの？」

手紙を読んでいたエレローラさんが尋ねてくる。

「サンドワームの群れの討伐……それに大きなサンドワーム」

「さらにピラミッドの地下探索に大きなスコルピオンの討伐……」

サンドワームの討伐は砂地から掘り起こしただけだ。大きなサンドワームに関しては、魔物1万体討伐のときに現れた巨大ワームのほうが禍々（まがまが）しかったように感じる。

それに、過去にブラックバイパーや大きなワームの討伐は経験していて、大きな魔物との戦い方は分かっているから、楽に倒すことができた。

「でも、ピラミッドの地下の探索は、どうしてすることになったの？　理由が書かれていないけど」

水晶板のことは書かれていないみたいだ。なら、わたしも話すことはできない。

「いろいろとあって、水の魔石の交換には必要なことだったんだよ」

嘘は吐いていない。一部のことを黙っているだけだ。

「それで、どうにか巨大スコルピオンを倒すことができて、魔石の交換を無事に終えたんだよ」

「おまえには礼を言わないといけないな」

「届けるのが仕事。向こうでやったのは、わたしが勝手にしたことだよ」

「そうかもしれないが、保険としておまえさんを行かせたのは俺だ」

やっぱり、そうだったんだ。

届けるだけなら、わたしじゃなくてもよかったもんね。

「なにもなければ、問題はない。でも、もしなにか大きな問題が起きていれば、手遅れになるかもしれないし。俺のほうから国の騎士や魔法使いを送ることはできなかったからな」

そのあたりの理由もバーリマさんから聞いている。

隣の国との関係でエルファニカ国の騎士や魔法使いは送れない。あとは冒険者頼みになるけど、依頼内容によってはランクが高い冒険者でないとダメだ。

そう考えると、わたしが適していたことくらいは理解できる。

「今回のことは、本当に感謝する」

そして、依頼料を払うからギルドカードを出すように言われたので、わたしはギルドカードを渡す。国王は机の上にある水晶板に乗せると、操作をする。そして、返してくれる。

「依頼料は多めに入れておいた」

「ありがとう」

いくらかは分からないけど、お礼を言っておく。

「デゼルトの街に貸しができたと思えば安いものだ」

う～ん、国同士の駆け引きに使われた感じがするけど、今回は仕方ない。国王に頼まれたのは、あくまで荷物運びだ。手紙に国王がわたしのことを書いたとはいえ、バーリマさんに頼まれて、依頼を受けたのはわたし自身だ。

断ることはできなかったし、断らなくてよかったと思っている。だから、今回の件で国王に文句を言うつもりはない。もし、断って、あとで悲惨な話を聞けば、後悔することになったと思う。

でも、お金を多くもらっても、使い道がないんだよね。別に豪遊する趣味はないし、宝石など高価な欲しいものもない。
防具はクマ装備より強いものは存在しないだろうし。
ああ、でもスコルピオン討伐に苦労したから、剣は欲しいかも？

352 クマさん、大きなスコルピオンを見せる

「それで、確認だが。巨大スコルピオンを見せてもらってもいいか？」

やっぱり、そうなるよね。

「バーリマが承認しているが、我が国の領主ではない。俺がこの目で確認させてもらう」

「そうね。わたしも見てみたいわね」

「わたしも見てみたいです」

エレローラさんとティリアまでが国王の言葉に賛同する。この部屋にはわたしの味方はいないみたいだ。

どうやら、初めの選択肢を間違えたみたいだ。早く帰りたかったら、エレローラさんとティリアには部屋から出ていってもらうべきだったかもしれない。

でも、見せてほしいと言われても簡単に見せることはできない。こんな目立つお城の中で大きな魔物を出すわけにはいかない。

「他の人に見られて、騒ぎになってほしくないんだけど」

やんわりと断ってみる。

お城には多くの人が働いている。見られでもしたら、すぐに広まってしまう。それでなくても、わたしのことは広まっているんだから。主にクマの格好のせいで。

「なら、奥の中庭でいいんじゃないかしら。あそこなら、人は来ないし、それなりに広いでしょう」

「確かにあそこなら、許可した者以外入ってこないな」

「そんな場所があるの？」

「まあ、簡単に言えば俺たち王族が住む場所だ。昼に清掃も終わっているし、この時間なら誰もいないだろう」

「フローラ様のお部屋の近くの中庭よ。ユナちゃんも見たことがあるんじゃないかしら？」

いつも、寄り道をせずにフローラ様の部屋に行くから、あまり覚えがない。

そして、わたしの了承を得てもいないのに、全員が席を立つ。わたしはエレローラさんとティリアに挟まれて、部屋の外に連れていかれる。

わたしは諦める。


通路を進む。確かにこっちはフローラ様の部屋に続く通路だ。途中で、フローラ様の部屋とは違う方向へ通路を曲がる。こっちは行ったことがない。そのまま進むと中庭らしき場所に出る。

「ここなら、いいだろう」

確かにこれだけの広さがあれば十分だ。

「少しだけだよ。他の人に見られたくないから」

「それでかまわん。確認だけだ」

わたしは大きなスコルピオンをクマボックスから出す。

「また、とんでもないものを倒したな」

「凄いわね」

「この魔物をユナが一人で」

3人はスコルピオンを一周する。「凄い」とか「大きい」とか「堅い」とか言っている。

「甲殻の一部がないが、どうしてだ？」

「仕事を手伝ってもらった冒険者に譲ったよ。防具にしたいって言うから」

今頃、ジェイドさんとウラガンたちは王都に到着して、作っているのかな？

いや、日にち的に考えて、まだ王都に着いてないかもしれない。

「それで、このスコルピオンはどうするつもりなんだ？」

「どうもしないよ。お金に困ったら売るぐらいかな？」

わたしには防具は必要ないし。使い道は売るぐらいしかない。

「もし、売ることを考えているなら、俺が買い取ってやる」

そういえば、クラーケンの素材も国王が買い取ってくれたんだっけ。

クリフがクリモニアや自分の伝で売ると、わたしのことを知られ、ミリーラでの噂が本当のことになると思って、国王に引き取ってもらったと聞いた。

だから、今もクラーケンの素材はお城のどこかに眠っているらしい。隙を見て販売すると、クリフから聞いている。討伐の噂と素材の出回る時期がずれれば、わたしが討伐した噂も、ただの噂で終わるだろうと言っていた。

実際にジェイドさんもクラーケンの噂は知っていても、討伐したのが事実だとは思っていなかった。

そのあたりのことに関しては、クリフには感謝だ。

だから、お金に困ることがあれば国王に売るのは、一つの方法として正しいかもしれない。

「そのときはお願いするよ。それじゃ、もうしまうよ」

わたしはそう言うと、クマボックスにスコルピオンをしまう。

その瞬間、わたしを呼ぶ声がする。

「くまさん!」

声がしたほうを見ると、そこにはフローラ様とアンジュさんの姿があった。

「フ、フローラ様、危険です」

アンジュさんが慌ててフローラ様を引き止める。

「いま、そこにいた魔物は?」

アンジュさんは頭に「?」マークを乗せ、キョロキョロとしている。もしかして、スコルピオンを見られた?

「何でもない。気にするな」

わたしの代わりに国王が誤魔化してくれる。

「それで、どうして、ここにフローラがいる?」

「その、わたしがユナさんをお見かけしたことを、フローラ様にお話ししましたら、フローラ様がお部屋から飛び出してしまったのです。申し訳ありません」

アンジュさんは国王に謝罪する。

どうやら、フローラ様はわたしに会いに来てくれたみたいだ。

でも、よく居場所が分かったものだ。

「くまさん……」

アンジュさんがフローラ様を掴む手を緩めると、フローラ様はわたしに抱きついてくる。

フローラ様の顔を見ると、満面の笑みだ。怖がった様子はない。スコルピオンを見ても怖くなかったのかな? それともしまうのが間に合った?

「フローラ様。魔物は怖くないんですか?」

「まもの?」

フローラ様は可愛く首を傾げる。

「どうやら、フローラは魔物を見ていなかったみたいだね」

ティリアがわたしたちのところにやってきて、フローラ様の頭を撫でる。

「おねえしゃま？」

フローラ様は、ティリアがいたことに今気づいたみたいだ。

どうやら、フローラ様の目にはティリアのことも入っていなかったらしい。それを理解したティリアは悲しい顔をする。

「どうやら、姉より、クマのほうがよかったみたいだな」

国王が笑いながらフローラ様に近づく。

「おとうしゃま？」

さらに国王がいたことも、声をかけられるまで気づいていなかったようだ。

「お父様も見えていなかったみたいよ」

ティリアはお返しとばかりに言う。それに対して国王は微妙な顔をする。

どうやら、フローラ様にはわたししか見えていなかったらしい。そのおかげで、スコルピオンは見ていないみたいだ。

喜んでいいのか分からないけど、これもクマの格好のおかげだね。

それから、わたしはフローラ様の相手をしてから、お城を後にする。

そして、家に帰ろうとしたわたしはエレローラさんに捕まってしまう。

「ユナちゃん、うちで夕飯でもどう？」

「帰りますよ」

丁重にお断りする。早くクリモニアに帰りたい。

「でも、家に帰っても寂しく一人でごはんでしょう？」

「く、くまゆるとくまきゅうがいます」

わたしは子熊化したくまゆるとくまきゅうを召喚し、抱きしめてアピールをする。

それに一人でも寂しくないよ。元引きこもりを甘くみないでほしい。一人での食事ぐらい、なんてことない。

「それに、このまま帰ったらシアが悲しむと思うわよ。せっかく王都に来たんだから、顔を見せてあげて」

そんなことを言われたら、断れるわけもなく、シアに会いにエレローラさんの家に行った。

「ユナさん？　王都に来ていたんですか？」

制服姿でなく、私服を着たシアが尋ねてくる。

まあ、学園から帰ってくれば着替えるよね。24時間、同じ服を着ているわたしとは違う。

「ちょっと仕事で」

「それで、シアに黙って帰ろうとしたから、捕まえて連れてきたの」

別に逃げるつもりはなかった。普通に帰りたかっただけだ。

「仕事ですか？　どんな仕事をしたんですか？」

わたしの仕事って言葉に反応する。興味があるみたいだ。でも、全てを話すことはできないので、ただデゼルトの街まで荷物を運んだことだけを話す。嘘は吐いていない。水晶板については内緒にしないといけないし、スコルピオンの話をして見せてほしいと言われても困るので、そこまでは説明しない。

エレローラさんにも口止めしてあるので、話したりはしない。

そして、久しぶりにシアと食事しながら会話をして、その日はエレローラさんの家に泊まっていくことになった。

結局、今日もクリモニアに帰れなかった。予定どおりにはいかないものだ。わたしは子熊化したくまゆるとくまきゅうを抱きしめながら眠りにつく。


翌日、学園に行くシアと、お城に行くエレローラさんを屋敷の前で見送る。

「ユナさん。今度、王都に来たら、ノアの話を聞かせてくださいね」

「それじゃ、わたしはクリフのことでも聞こうかしら」

そんな頼みごとをされる。わたしはあなたたちの家族のことを報告するために王都に来るんじゃないよ。

でも、離れ離れで暮らしている姉妹だ。シアもノアの話は聞きたいだろうし、了承する。

それにクリフのあることないことを言うのも面白いかもしれない。

「それじゃ、今度2人の面白い話を持ってくるよ」

「約束ですよ」

「楽しみにしているわ」

2人は手を振って学園とお城にそれぞれ向かった。

やっと解放されたわたしは、王都のクマハウスに帰り、そのまま、クマの転移門を使って、クリモニアのクマハウスに戻った。

353　クマさん、クリモニアに戻ってくる

クリモニアのクマハウスに戻ってきたわたしは、自分の部屋に入るとベッドにダイブする。

そして、子熊化したくまゆるとくまきゅうを召喚すると、ベッドの上で一緒にゴロゴロする。

やっぱり、同じクマハウスでもクリモニアのクマハウスが一番落ち着く。一番長くいて、一番多く寝泊まりしている部屋だからかもしれない。

わたしは仕事を終えた休日の父親みたいに、無気力状態でだらける。仕事をしたあとぐらいは休ませてほしい。世間一般的な父親の気持ちを、この年で分かるとは思いもしなかった。ちゃんと仕事をしている父親なら、休日に家でゴロゴロしていても、邪魔と思ってはいけないね。

わたしが、くまゆるとくまきゅうを抱きしめて、ベッドの上でゴロゴロしていると「くぅ～ん、くぅ～ん、くぅ～ん、くぅ～ん」とクマさんパペットが鳴きだす。

なに!?

わたしは驚いて、ベッドから起き上がる。クマフォンが鳴っていることに気づく。

誰から?

クマフォンを持っているのはフィナとルイミンの2人だけだ。わたしは慌てて、クマボック

スからクマフォンを取り出して、魔力を流す。

『ユナお姉ちゃん？　聞こえてる？』

クマフォンから聞こえてきたのはフィナの声だった。

「聞こえているよ」

『よかった。通じました』

クマフォンからホッとした声が聞こえてくる。

「もしかして、なにかあった？」

『ううん、なにもないです。少しユナお姉ちゃんに聞きたいことがあったから。その、今、大丈夫ですか？』

「大丈夫だよ」

部屋でゴロゴロしているだけだし。しいて言うなら、今の仕事はくまゆるとくまきゅうと一緒にだらけることだ。スキンシップも大切だからね。

クマフォンに話しかける。

「それで、聞きたいことって、なに？」

『お母さんがユナお姉ちゃんがいつ帰ってくるのかなって、いつも言っているから。もし、クリモニアに帰ってくる日が分かれば、お母さんに教えてあげようと思って』

優しい子だ。

「でも、ティルミナさんがそんなことを言うなんて珍しいね」

これまで、わたしの帰りが遅くなっても、気にした様子はなかった。

『海に行くことで相談したいことがあるって』

そっちが理由か。

「もしかして、ティルミナさん、怒っているの？」

『怒ってはいないです。心配しているような、相談ができないから困っている感じでした。それで、ユナお姉ちゃん。いつ帰ってきますか？』

はい。実は、もう帰ってきています。

『ユナお姉ちゃん？　もしかして、忙しかったですか？』

「……その、……家にいるよ」

わたしは素直に答える。

『ユナお姉ちゃん、帰ってきていたんですか!?』

クマフォンから、呆（あき）れたような、驚いたような、怒っているような、いろいろな感情が混ざった声が聞こえてくる。

「今日だよ。ついさっきだよ。本当だよ。くまゆるとくまきゅうに聞いて。2人が証人だよ」

くまゆるとくまきゅうが「「くぅ〜ん」」と鳴いて、そうだよと言っているように擁護してくれる。

「仕事で疲れて、やっと家に帰ってきて、部屋で休んでいただけだよ。ちょっと、くまゆるとくまきゅうと一緒にゴロゴロしていただけだよ。……えっと、フィナさん？　聞こえてます？」

なにか分からないけど、わたしは言い訳をする。

『えっと、ごめんなさい。仕事で疲れて休んでいるのに。その、会えますか？』

フィナはわたしの言葉を信じてくれる。優しい子だ。

「大丈夫だよ。午後には、フィナに会いに行こうと思っていたから」

本当は今日一日はゴロゴロしようと思っていた。でも、フィナから会いたいと言われれば、断ることはできない。

『それじゃ、今からお母さんと一緒にユナお姉ちゃんの家に行っても大丈夫ですか？』

「大丈夫だけど。わたしがそっちに行ってもいいけど」

『いえ、ユナお姉ちゃんは少しでも休んでいてください。お父さんも仕事から帰ってくると、いつも疲れた顔をしています。それじゃ、これから、お母さんと行きますね』

通話が切れると、わたしはクマフォンをしまう。

ゲンツさんも仕事から帰ってくると、疲れた顔をするんだね。今のわたしと同じだ。

でも、ゲンツさんと一緒に思われるのは嫌なので、フィナとティルミナさんを迎える準備をする。

掃除？　お菓子？　飲み物？　掃除は平気。お菓子はクッキーやポテトチップスがある。飲み物も冷えた果汁がある。大丈夫だ。

くまゆるとくまきゅうと一緒に待っているとフィナとティルミナさんがやってくる。2人と一緒にシュリの姿もあった。

「ユナちゃん。今日、帰ってきたの？」

「さっき、戻ってきたばかりだよ。それで、家でゴロゴロしていたところ」

ティルミナさんの質問に素直に答える。

「疲れているところ、ごめんなさい。少し、話しておきたいことがあったから」

「別にいいよ。とりあえず、座って」

わたしは用意していたお菓子と飲み物を出す。

フィナとシュリは椅子に座ってる子熊化したくまゆるとくまきゅうを抱きしめると膝の上に乗せる。そして、わたしが用意したお菓子を食べだす。

「それで、相談したいことってなに？」

「そろそろ、海に行く日程を決めてほしいの。ミレーヌさんから、鳥をお世話する予定も組まないといけないから、早めに日程を教えてほしいと言われているの。それに、お店のほうも早めに休みの告知をしないといけないでしょう。それと………」

ティルミナさんは最後のほうが少し声が小さくなる。

「なんですか？」

「ゲンツのことは聞いている？」

「確か、一緒に行くんだよね？」

そのことなら、フィナから聞いている。

「ええ、それでゲンツは休みを他の職員に代わってもらうために、休日返上で仕事をしているの。それで、仕事を代わってくれる人からも、いつ休むか聞かれているみたいなの」

どうやら、ゲンツさんは家族旅行に行くために頑張っているみたいだ。

ゲンツさんもティルミナさんと結婚してから、どこにも行っていないだろうし。今回の旅行は新婚旅行になって、ちょうどいいと思っている。

でも、簡単に長期休暇をもらうのは難しいみたいだ。元の世界のニュースでは有給がなかなか取れない人も多いという話は聞いていた。まして、異世界に有給なんてあるわけがないから、長期休暇を取るのも大変そうだ。

「わたしはいつでも大丈夫だから。日程はティルミナさんが決めていいですよ」

「確か、7日間ぐらいで、よかったのね？」

「移動で2日間、遊びに5日間ぐらいと考えているけど」

まあ、そのあたりは様子を見て、長くしたり短くしたりすればいい。泊まる場所はクマハウスだから、そこは問題ない。

「そうね。それなら、戻ってきてから仕入れを頼むとしても、お店はすぐに再開はできないし、余裕を持たせて10日ぐらい見たほうがいいかもしれないわね」

「それでいいよ」

ミリーラから戻ってきて、すぐ翌日に仕事というのも大変だ。戻ってきてから、1日は休みが欲しい。

「あと、移動手段は大丈夫なの？　ユナちゃんに考えがあるっていうから、なにもしていないけど。ユナちゃん、今日、戻ってきたばかりなんでしょう？　馬車を用意するなら、ミレーヌさんにお願いもできるけど」

ああ、すっかり移動手段のことを忘れていた。流石にクマの転移門を使って海に行くわけにもいかない。

一応、考えはあるが、クリフに呼ばれ、王都に行き、デゼルトの街まで行くことになって、まだ準備はしてない。

「だ、大丈夫ですよ。ちゃんと用意するから」

「ほんとう？」

ティルミナさんは疑いの眼差しをわたしに向けてくる。

ちょっと、忙しくて忘れていただけだ。

「ホントウデスヨ」

わたしのことを疑うように見るティルミナさんの目を、逸らさないように見つめ返す。

「分かったわ。それじゃ、馬車の件はお願いね」

これは急いで、用意しないといけないね。

仕事から帰ってきたばかりなのに、クマにも休息は必要だよ。

でも、自分で言い出したことなので、誰にも文句は言えない。自業自得ってやつだ。

「それから、フィナとシュリに聞いているけど、泊まる場所は大丈夫なのよね？」

「おおきな、くまさんのお家だよ」

シュリが両手を大きく広げる。シュリの手は摑んでたくまきゅうから離れ、膝の上に乗っていたくまきゅうが落ちそうになる。でも、すぐにシュリは抱きしめる。

「シュリの言うとおり、泊まる場所は大丈夫ですよ」

そのために大きなクマハウスを作った。

「大きなクマっていうのが気になるけど。泊まるところがあるならいいわ。あと食材も、向こうの町で買えるのよね？」

「大丈夫だけど。不安なら、持っていくよ」

いざとなれば、クマボックスに肉や野菜や小麦粉などは入っている。それに天気さえ悪くなければ、向こうで新鮮な魚も手に入る。

「それじゃ、お店の余った食材をお願いしようかしら」

確かに、処分するのはもったいない。それなら、持っていって使ったほうがいい。

なので、了承する。

「それじゃ、出発する日を決めましょう」

ティルミナさんがお店の状況や仕入れ先などの予定をまとめてくれていたみたいで、話はスムーズに進む。

「問題は出発時間だけど、日が出るころでいいわよね」

「そんなに早くですか？」

「急げば、トンネルの通行に間に合うからね」

話を聞くと、トンネルは日替わりの片側通行らしい。なので、タイミングが悪いと、その日は通れないのだそうだ。だから、調整して出発しないと、トンネルの前で一日を無駄にしてしまうことになる。

それから、トンネルが通れる日にちを確認して、わたしとティルミナさんは出発日を決める。

「それじゃ、出発は10日後で、ミレーヌさんには伝えておくわね。それで、ユナちゃんにお願いがあるんだけど」

ティルミナさんが少し言いにくそうにする。

「なんですか？」

「領主の娘さん、ノアール様も一緒に行くのよね？」

少し、不安そうにする。

「良い子だから、大丈夫ですよ」

「うん、それは分かっている。何度か会っているからね」

「それじゃ、どうかしたんですか？」

「その、ノアール様への連絡はユナちゃんにお願いしてもいい？　フィナと一緒に会話をするのはいいけど。その、あのお屋敷に行くのはちょっと」

なるほど、領主であるクリフには会いたくないわけだ。

まあ、普通の感覚からしたら、クリフは領主様で、貴族様で、偉い人なんだよね。一般人は領主のお屋敷には行きたくはないだろう。

「いいよ。わたしからノアには伝えておくよ」

「ありがとうね」

それから、お店の休みの告知のチラシを作ったりと、ティルミナさんは今後の予定を1人で決めていく。

勝手に決めた従業員旅行だったけど、ティルミナさんには迷惑をかけてしまったようだ。

でも、楽しそうにもしているから、大丈夫かな？

「ティルミナさん。いつも、ありがとう」

「なに？　いきなり、お礼なんて」

「いや、いつもお世話になっていると思って」

わたしが素直に言うと、ティルミナさんは真面目な表情になる。

「なにを言っているの？　わたしたち家族のほうが、ユナちゃんにはお世話になっているのよ。わたしたち家族が幸せに暮らせているのも、ユナちゃんのおかげなのよ」

ティルミナさんは最後にニッコリと微笑む。その表情を見れば嘘は言っていないことがわかる。

この世界に来て、一番初めに会ったのがフィナで本当によかった。

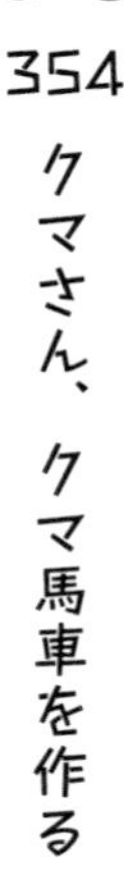

354 クマさん、クマ馬車を作る

ティルミナさんからミリーラへ行く乗り物の準備を確認されたわたしは、フィナとシュリを連れて街の外に来ている。

「ユナお姉ちゃん、どこへ行くの？」

くまゆるに乗っているフィナが尋ねてくる。

「ちょっと、人に見られたくないから、少し離れた場所に行くだけだよ」

フィナに説明したとおりに、街から少し離れた場所にやってくる。ここなら、街道からも離れているし、木もあるから見えないはずだ。

わたしはくまきゅうから降り、フィナとシュリはくまゆるから降りる。

孤児院の子供の数は27人。院長先生にリズさん。ティルミナさんにフィナにシュリにゲンツさん。ここで33人。モリンさんにカリンさんにネリン、それからミリーラ組の5人にノアを入れて、42人。ちょっと人数が多いけど、ほとんどが子供だから、座るスペースを考えて、椅子を調整すれば大丈夫なはず。

「ユナお姉ちゃん。本当に魔法で、乗り物を作れるんですか？」

「作れるよ。ただ、乗り心地が分からないから、2人に来てもらったんだよ」

わたしだとクマさん装備があるため、多少乗り心地が悪くても分からない。ここはフィナとシュリには実験台……ではなく。乗り心地を確認してもらう。

まず、わたしは土魔法を使って、人が乗る荷台の部分を作る。横幅があり、馬車2台分の大きさがある。これなら、40人ぐらい乗っても大丈夫なはず。

「大きい」

「ユナお姉ちゃん、大きくないですか？」

「でも、お馬さんがいないよ。くまゆるちゃんとくまきゅうちゃんが引っ張るの？」

シュリが怖いことを言いだす。その言葉にくまゆるとくまきゅうは悲しい目でわたしに訴えてくる。引っ張りたくないと。

「くまゆるとくまきゅうは引っ張らないよ」

わたしの言葉にくまゆるとくまきゅうは嬉しそうに鳴く。

次にわたしは初めて王都に行ったときに作った、大きなクマのゴーレムを作る。

「クマさんだ～」

「ユナお姉ちゃん、このクマさんは、あのときの」

フィナは覚えていたみたいだ。盗賊の檻を引っ張ったときのクマだ。

とりあえず、クマに大きな荷台を取り付ける。

「ユナお姉ちゃん、大きくないですか?」

「う~ん、やっぱり、大きい?」

シュリを見ると荷台の上によじ登っている姿がある。

「ユナ姉ちゃん、動くの?」

「ちょっとだけ、動かしてみようか」

「やった~」

両手を上げて喜ぶシュリ。

フィナは不安そうに荷台に乗る。わたしはジャンプして乗る。それに続くようにくまゆると
くまきゅうも飛び乗る。わたしは全員が乗ったのを確認すると、クマに魔力を流して、動けと
命じる。クマはゆっくりと歩きだす。

「うわぁ、動いた」

まあ、それは動くよね。

ガタガタ。ガタガタ。

ちょっと、速度を上げてみる。

ガタガタガタガタ。

「揺れるね」

それも街道でないところで動かしているせいもある。ちょっと、探知スキルを使って街道に

人がいないのを確認して、クマを街道に移動させる。

「ユナお姉ちゃん。やっぱり、大きくないですか？」

道幅を取りすぎている感がある。荷台を細くしたほうがいいかな？

トンネルは片側通行らしく、すれ違うことはないから、多少大きくても大丈夫だ。でも、流石に道幅すべてを取る馬車は却下だけど。

わたしは馬車から2人を降ろして、馬車を消す。

「消しちゃうの？」

シュリは残念そうにする。

「ちょっと、失敗だったからね」

そして、第2の案の乗り物を作ることにする。

あれがこうなって、ここがこうなって、これがこうなる。

できあがったのはクマバスだ。某アニメの有名な猫のバスをモチーフにして作り上げた。顔はクマでできており、足も耳も尻尾もある。クマ効果で頑丈さも増し、一石二鳥だ。

まあ、移動する距離も短いし、周辺の魔物は冒険者に討伐されているけど、子供たちの安全を考えれば、万全を尽くしたほうがいい。

「長い、クマさんだ～」

シュリが楽しそうにクマバスに近寄る。

人数のことを考えたら、長くなった。椅子の並び方は後で考えることにして、乗り心地の確認をする。

「ユナ姉ちゃん。乗っていい？」

「いいよ」

そのために来てもらったんだしね。

シュリはクマバスに乗り込み、フィナも後を追う。くまゆるも乗ろうとするが、入り口が狭くて入れない。わたしはくまゆるとくまきゅうを子熊化する。小さくなったくまゆるとくまきゅうはクマバスに乗り込み、最後にわたしも乗り込む。

わたしは先頭の運転席に移動するが、シュリがすでに運転席に座っている。

「シュリ、どいて」

わたしはシュリにどいてもらって、運転席に座る。運転席は本物のバスみたいにどちらか片端ではなく、真ん中にある。まあ、普通の馬車と同じだ。そもそも、15歳のわたしが車の運転をしたことがあるわけもなく。端にあるよりも、真ん中にあったほうが運転しやすいと思ったためだ。馬車なら乗った経験があるからね。

わたしが運転席に座ると左右にはシュリとフィナが座る。わたしはハンドルを握る。

「ユナお姉ちゃん、それはなんですか？」

フィナがわたしが握るハンドルに尋ねる。

「これが手綱(たづな)？」

「手綱だよ」

ハンドルって言っても分からないと思うので、そう説明する。

わたしは魔力を流して、クマの足を動かす。ドン、ドン、一歩、一歩、歩くたびに揺れる。

ちょっと走ってみる。

ドンドンドンドンドンドンドンドンドンドンドンドン

揺れる速度が速まる。

「ユ、ユナ、お、お姉ちゃん、お、お尻が、い、いたい、で、です」

わたしはクマの着ぐるみ装備のおかげで平気だけど、2人は痛いみたいだ。しかも、揺れるからまともに話すこともできない。くまゆるとくまきゅうも四足歩行だけど、やっぱり違うみたいだ。くまゆるとくまきゅうは特別みたいだね。

ちなみにクマバスは長いため、脚は倍の8本ある。

わたしは少し速度を上げて、ジャンプをしてみる。

「ユナお姉ちゃん！」

「ユナ姉ちゃん！」

フィナとシュリが叫んで、わたしにしがみつく。

綺麗に着地をするが、フィナとシュリの体が少し跳ねた。

「ううぅ、痛いです」

「お尻が痛いよ」

2人はお尻を擦る。

「ごめんね。ちょっと、試したかったから」

どうやら、某アニメの猫のバスみたいに、山をかけたり、飛び跳ねたりはできないみたいだ。そんなことをすれば中に乗っている人は大変なことになってしまう。車輪ではなく足にしたのが失敗だったみたいだ。

わたし一人なら大丈夫だけど。それなら、くまゆるとくまきゅうに乗ったほうが全然いい。夢の乗り物だったけど、残念だ。


わたしは素直にクマバスの脚を車輪に変える。魔法って便利だね。

できあがったのは幼稚園バスに近い、キャラクターバスだ。青いSLの顔があるバスや、黄色のネズミのバスのような感じだ。

「今度は大丈夫だから、乗って」

疑うようにわたしを見る2人。

「跳んだりしませんか?」

「しないよ。ほら、今度は脚じゃなくて、馬車みたいに車輪になっているでしょう」

2人は車輪を見ると、クマバスに乗ってくれる。

運転席に座ったわたしはハンドルを握る。そして、魔力を流す。クマバスはゆっくりと動きだす。整備されている街道に出ると、快適に進んでいく。

魔力を多く流すと、車輪は速く回り、スピードが上がる。

でも、道がコンクリート舗装されているわけでもなく、速度を上げるとガタガタと振動を感じる。

「2人とも大丈夫？」

「さっきよりは大丈夫です。でも……」

お尻を気にするフィナ。

「くまゆるちゃんとくまきゅうちゃんのほうがいい」

シュリの言葉にくまゆるとくまきゅうは嬉しそうに鳴く。

それはわたしだってそうだ。

このクマバスは操縦しないといけない。くまゆるやくまきゅうなら、寝てても目的地に連れていってくれる。

それに引き換え、クマバスは寝ることはできないし、乗り心地もくまゆるやくまきゅうと比べようもないほどの差がある。でも、馬車よりは速いし、揺れも少ない。安全面もしっかりしている。なにより、大人数で移動するには最適だ。

いろいろとあったが、移動手段は車輪付きのクマバスになった。

あとは全員が乗れるかとか、フィナとシュリに椅子に座ってもらい、席の間隔を決めたりする。

最後に街に戻ってくると、お尻の痛さ対策に、座布団やクッション的なものを購入する。

そんな感じで、クマバスが完成した。

355 クマさん、冒険者ギルドに行く

クマバスを作った翌日、冒険者ギルドに向かう。

昨日、旅行メンバーのことを考えながらクマバスを作っていたら、護衛が必要だと思ったためだ。

旅行に行くメンバーは子供や女性ばかり。大人の男性はゲンツさんぐらいだ。それにゲンツさんはティルミナさんやフィナ、シュリと一緒にいると思うし、孤児院の子供たちや女性陣の面倒を見てもらうわけにはいかない。

それにアンズやネリン、カリンさん、リズさんといった若い女性もいる。変な男が近寄ってきても困る。親御さんから預かっている大事な従業員だ。そう考えると、子供たちだけでなく、女性陣の護衛も必要になってくる。

わたしが24時間、みんなのことを見ていられるわけじゃない。人数も多いし、別々に行動するかもしれない。

そう考えて、護衛をつけようと思った。

それで、思いついたのがギルだ。

ギルは体格もよく、顔もどちらかというと怖いほうだ。

そんなギルが子供たちや女性陣の近くにいれば威嚇になり、変な男も近寄らないはずだ。それにギルなら子供たちも知っている。お店にもよく来てくれているから、カリンさんたちも知っているし、怖がられることもない。

そして、できればルリーナさんにも一緒についてきてほしいところだ。なかにはギルを苦手にしている小さな女の子もいる。だから、そんな女の子のことはルリーナさんにお願いしようと思っている。

ルリーナさんも冒険者だし、女の子を守るぐらいはできるはずだ。

冒険者ギルドの中に入り、周囲を見る。何組かの冒険者が椅子に座って雑談をしている姿はあるが、ギルとルリーナさんの姿が見当たらない。

ギルは体が大きいから目立つ。だから、いるかいないかすぐに分かる。

仕事かな？

込み合う時間帯を避けてきたこともあって、残っている冒険者は今日は休みと決め込んでいるのか、暇そうにしている。

基本、冒険者ギルドは冒険者が依頼を受ける朝と、依頼を終えて戻ってくる夕方が忙しい。残っている冒険者は情報収集したり、新規でやってくる依頼を待っていたりする。

「ユナさん、どうかしたんですか？」

周りを見回しているとき、受付に座っているヘレンさんが声をかけてくる。

ちょうどいいので、2人のことを尋ねることにする。

「ルリーナさんとギルに会いたかったんだけど」

「ルリーナさんとギルさんですか？　確か、少し遠出しているはずですが」

「そうなの？」

それじゃ、一緒に海に行くのは無理かな？

「お2人に用事でしたか？」

「ちょっと、お願いしたいことがあって」

「それでは戻ってきましたら、お伝えしましょうか？」

いつ、戻ってくるか分からないなら、頼んだほうがいいかな。

「う～ん、それじゃ、お願いできます？」

わたしはヘレンさんに、孤児院の子供たちと一緒にミリーラの町へ行くので、ルリーナさんとギルに子供たちの護衛を頼みたいことを伝える。

「そういえば、ユナさんは孤児院の子供たちを連れて、ミリーラの町へ行くんでしたね」

「あと、お店で働いているみんなもね。でも、どうして知っているの？」

お店にある告知とか見たのかな？

確か、ティルミナさんがすぐにチラシを貼るとか言っていたし。

「ゲンツさんがミリーラの町へ行くために、休暇をもらおうと休みの日も仕事をしていますから、ギルド職員なら誰でも知っていますよ」

なるほど、ゲンツさん経由か。

「ゲンツさん、体とか、大丈夫？」

疲れているようなら、疲労に効く神聖樹のお茶でも差し入れしてあげないと。せっかくの旅行の前に倒れでもしたら大変だ。

「それは大丈夫だと思いますよ。家族で出かけるのが嬉しいのか、毎日、楽しそうに仕事をしていますから」

なら、大丈夫かな。

「それにしても羨ましいです。わたしも海に行きたいです」

「それなら、ヘレンさんも一緒に行く？」

わたしがヘレンさんを誘うと後ろでガタッと音がするので、振り向くと男性冒険者たちがあからさまに視線を逸らす。口笛を吹いて誤魔化す冒険者もいる。

鈍感なわたしでも分かる。どうやら、冒険者たちはヘレンさんに好意を持っているらしい。

ヘレンさん美人だもんね。でも、ヘレンさんは気にした様子もない。

「ヘレンさんなら歓迎しますよ」

ヘレンさん一人ぐらい増えても、問題はない。

「ふふ、ありがとうございます。お言葉だけもらっておきますね。今回はみなさんで楽しんできてください」

それは残念だ。いつもヘレンさんにはお世話になっているから、お礼ができればと思ったんだけど。

わたしはヘレンさんに、ルリーナさんとギルのことをお願いして、冒険者ギルドを後にする。

次に向かうのは「くまさんの憩いの店」だ。今日はお客としてではなく、様子を見に行くので、裏口から入る。キッチンには、モリンさんや子どもたちが仕事をしている姿がある。昼食の時間も過ぎているので、慌しさはない。

わたしがキッチンに入っていくと、子供たちがわたしに気づいて、駆け寄ってくる。

「ユナお姉ちゃん！」

「ユナお姉ちゃん、本当に海に行くの？」

「うん、行くよ」

わたしがそう言うと、キッチンにいた子供たちが騒ぎだす。みんな嬉しそうに笑って、「やった」「やっぱり本当だったんだ」という声が聞こえてくる。

子供たちの笑顔が見られて、わたしも嬉しくなる。

「ユナちゃん。わたしも行ってもいいの？」

ケーキを作っているネリンが尋ねてくる。

「うん、全員で行くからね」

「わたし、仕事を始めて、まだ数か月だよ。なのに、旅行に連れていってもらえるなんて」

どうやら、他の子たちと違って、お店で働いている日数が少ないことを気にしているみたいだ。

「ネリンは、十分に貢献しているよ。ケーキだっていろいろと工夫して、新しいのも作っているでしょう?」

「それは、ユナちゃんが基本のケーキの作り方を教えてくれたからだよ。わたし一人じゃ、ケーキなんて作れなかったよ」

「とりあえず気にしないでいいよ。いつも働いているみんなに、わたしからのお礼なんだから」

「本当にいいのかな」

ネリンはタダで行けることに気が引けているみたいだ。

わたしたちが旅行の話で盛り上がっていると、店長のモリンさんがやってくる。

「ほら、ユナちゃんが来て嬉しいのは分かるけど、仕事もしっかりしないと。ネリン、あなたが子供たちと一緒におしゃべりをしてたら、ダメでしょう」

「モリン叔母さん、ごめんなさい」

子供たちとネリンは、仕事に戻っていく。

「モリンさん、仕事の邪魔をして、ごめんなさい」

わたしも一緒に謝っておく。

「別に怒っているわけじゃないよ。みんな、海に行けるのが楽しみなのよ。でも、仕事中は、包丁や火を扱うから、ちゃんと集中しないと危険だからね」

確かに、調理場には危険なものがたくさんある。ちょっと間違えれば怪我をする。だから、モリンさんの言うことは正しい。

「それで、ユナちゃん。ティルミナさんから聞いたけど、本当に10日間も休みにするの？　そんなに休むと、売り上げが……」

モリンさんもティルミナさんと同じ心配をする。

ミリーラに行く予定は7日間だが、ティルミナさんと話して、その前後もお店を休みにすることになっている。出発準備や、帰ってきたときに、遊び疲れを取るためだ。

「大丈夫ですよ。みんなのお給金を減らしたりしませんから」

「わたしはそんな心配をしているんじゃないけど……」

それじゃ、なんの心配だろう？

「お店を休みにすればお金は入ってこない。しかも、休んでる間も、わたしたちにお給金を出す。わたしにはユナちゃんの考えが分からないよ」

普通に考えるとそうなるのかな？

元の世界でいえば、有給休暇だ。

まあ、15歳のわたしには有給休暇の経験はないけど。存在ぐらいは知っている。仕事を休んでも給料は減らず、お金がもらえるシステムだ。

「それに、そんなにお店を休んで、遊んでいいのかね」

「みんなが、いつも頑張って働いてくれているお礼ですよ」

「働かせてもらっている時点で、わたしはユナちゃんに感謝しているよ」

「あと、モリンさんが引き抜きにあわないようにするためです。もし、引き抜きの話があったら言ってくださいね。それ以上のいい条件を提示しますから」

「ふふ、ここ以上にいいところはないよ」

モリンさんは笑う。

モリンさんは休みなく働いてきた職人だから、長期休暇は不安に思うのかもしれない。

でも、わたしとしては、夏休みぐらいあってもいいと思う。

まあ、毎日が日曜日かのように、家に引きこもって、ゲームをしたり漫画を読んだりしていたわたしが言うセリフじゃないけど、人には休息が必要だ。それを今回、身に染みて理解した。

わたしもデゼルトの街から戻ってきて、休みなく動いている。人には休みが必要だ。

クマ装備がなければ、わたしなら数日間は倒れている自信がある。

そもそも、わたしが休みが欲しい。
でも、わたしが言い出したことだから、誰かに文句を言うこともできないけど。
だからこそ、ミリーラから戻ってきたら、休んでいいはずだ。
クマにも休息を！

356 クマさん、「くまさん食堂」に行く

これ以上、お店の邪魔をしちゃ悪いので、店内にいるカリンさんと子供たちに顔を出して、店を後にした。そしてわたしは、アンズの店の「くまさん食堂」に向かう。「くまさん食堂」は「くまさんの憩いの店」の近くにあるので、すぐに行くことができる。

わたしが店の中に入ると、昼は過ぎているためか、「くまさんの憩いの店」と違って、お客さんはいない。「くまさんの憩いの店」はケーキなどを食べに来るお客さんもいるから、人が途切れることは少ない。

「ユナちゃん？」

「あら、本当」

お店の中に入ると、テーブルを拭いているセーノさんとフォルネさんがわたしに気付く。

「ユナちゃん、今から食事？」

「違うよ。みんなに確認しに来たんだよ」

「確認？」

「全員、今大丈夫？」

「これから、夕食の仕込みがあるけど、少しなら大丈夫だよ」

わたしはアンズとペトルさんを呼んで、全員に近くのテーブルに集まってもらう。

「それで、ユナさん、話ってなんですか？」

わたしはアンズを見てから、お店を手伝ってくれているセーノさん、フォルネさん、ペトルさんの3人を見る。

「みんながミリーラに本当に帰るかの確認だよ。もし、ミリーラに帰るのが嫌だったらクリモニアに残ってもいいよ、って言いに来たの」

「ユナちゃん……」

わたしが言いたいことを理解した3人は真面目な表情でわたしを見つめ返す。

詳しいことは知らないけど、それとなくアンズから聞いている。ミリーラの町がクラーケンや盗賊によって襲われ逃げ道を失ったとき、家族、恋人、友人、みんな誰かを失ったと。

それで、ミリーラの町にいたくないから、アンズを通して、わたしの店で働けないかと聞かれたことがあった。だから、故郷とはいえ、嫌な思い出も残っている。まして、数カ月前のことだ。心の準備ができていないかもしれない。それを無神経に連れていくほど、わたしは非道ではない。

「ミリーラで嫌な思いをしたでしょう。だから、無理に帰らなくてもと思ったんだけど」

「ユナちゃん、心配してくれてありがとう」

「そのことは、ニーフを含めた4人ですでに話し合って決めてあるから、大丈夫よ」

　フォルネさんが微笑みながら答える。

　どうやら、孤児院で働いているニーフさんとも話し合ったみたいだ。

「わたしたちも、ミリーラの町に行くよ」

　セーノさん、フォルネさん、ペトルさんの3人はお互いの顔を見て頷く。

「嫌なこともあったけど、生まれ育った町だしね」

「それに知り合いもいるし、わたしたちが元気な姿も見せてあげたいしね」

　3人の顔は無理をしている感じには見えない。本当に大丈夫みたいだ。

「無理はしていないんだよね？」

　3人は「うん」「ええ」「もちろん」と返事をする。

「ニーフなんて、『子供たちが行くのに、わたしが行かない理由はないわ』って言っていたよ」

「ニーフも元気になってよかったわ」

「子供たちが元気で大変とか言っていたわよ」

「でも、素直で良い子ばかりだって」

「それも、院長先生のおかげでしょうね」

　院長先生は、子供たちを見捨てずに頑張ってきた。本当に凄い人だ。

「それにしても、ユナちゃんは優しいね。普通はそこまで気にかけないよ」

「ユナちゃんはミリーラの町を救ってくれた」

「ユナちゃんは、わたしたちに新しいところで仕事を与えてくれた」

「ユナちゃん、ありがとうね」

あらためてお礼を言われると、恥ずかしいものがある。

わたしは恥ずかしさを隠すため、話題を変える。

「それじゃ、ちゃんと準備をしてね」

「準備といえば、本当に10日も休みにするんですか？」

モリンさんと同じことを言われる。アンズの実家も宿屋だから、年中無休で仕事をしていたのかもしれない。

「そもそも、お店を休みにしてまで、全員を連れていくのがおかしい」

「でも、故郷に帰ることもたまには必要でしょう」

ずっと、仕事をしていたら、ミリーラに行くことができない。

「普通は一人ずつ休みを与えて、故郷に帰すぐらいだよ」

「まあ、今回は働いているみんなで旅行だから。でも、みんなは住んでいた場所だから帰郷になるのかな？　それにアンズをたまにデーガさんのところに帰すのも約束だからね。アンズは全然、休みを欲しいって言わないし」

「ユナさん。まだ、クリモニアに来て数カ月ですよ。普通はそんなに早く帰ったりしません。もし、そんなに早く戻ることがあれば、逃げ帰ったと思われます」

「そうなの？」

「修業で何年も帰れないこともあります。まして、ユナさんに自分のお店を任せられているのに、休みをくださいなんて言えません」

「それに6日に一度、休みをもらっているしね」

「それは疲れを取るための休みだよ。もしかすると、アンズが男の人とデートするかもしれないでしょう」

「デート!?」

　わたしの言葉にアンズが驚く。

「デーガさんに、婿を探してくれって頼まれたけど。わたしじゃ紹介することも探すこともできないから。せめて、休みをあげて、アンズ本人に頑張ってもらおうって意味もあるよ」

「そんな気遣い、いりません！」

「もしかして、すでにいるの？」

　それなら、デーガさんに報告をしないといけない。でも、その男の人、デーガさんに殺されないかな？

「い・ま・せ・ん！」

　結婚したら、小さな可愛らしい家をプレゼントしようと思ったのに、残念だ。

「ちなみに、3人は？」

わたしはセーノさん、ファルネさん、ペトルさんの3人に目を向ける。3人は一緒になって目を逸らす。

「アンズが結婚したら、考えるよ」

「そうね。アンズちゃんが結婚したら、考えましょう」

「右に同じ」

「どうして、わたしなんですか!? 3人のほうが年上でしょう。結婚するなら、3人が先」

「わたしは、アンズの姉として、見守らないといけない」

「デーガおじさんの代わりとして、男の見極めをしないと」

「アンズの旦那様、つまり、わたしたちの弟になる。ちゃんと見ないと」

アンズと付き合うことになる男は、3人? ニーフさんも同じようなら、4人に見極められるってことになる。その4人の許可を得て、ラスボスのデーガさんの登場だ。

アンズ、結婚できるのかな?

「アンズ、頑張ってね。わたしは応援しているから」

「うぅ、ユナさんまで。今は料理のことしか考えていませんから」

だから、デーガさんが心配して、婿を見つけてくれって言ったのかな?

どっちにしろ、男の人を紹介することも見つけてきてあげることもできないわたしは、見守ることしかできない。ただ、一つ言えることは、

「わたしも、見極めするから、お付き合いする人ができたら、教えてね」

「ユナさん！」

アンズの叫び声が、店内に響いた。

だって、デーガさんに頼まれているんだから、しかたない。

357　クマさん、孤児院に行く

わたしはアンズのお店を後にすると、次に孤児院に向かった。

まだ、クリモニアに帰ってきてから、孤児院には顔を出していない。

孤児院の近くまでやってくると、外で元気よく走り回っている数人の子供たちの姿が見える。

追いかけっこかなにかして遊んでいるようだ。そのうちの一人がわたしに気付くと、走るのをやめてわたしのところにやってくる。

「ユナおねえちゃん！」

一人が来ると他の子供たちも集まってくる。みんな、笑顔だ。

「院長先生はいる？」

「いるよ」

子供の一人がわたしのクマさんパペットを握る。すると、他の子供たちも反対の手を掴んだり、クマの着ぐるみを掴んだりする。嬉しそうに掴んでいるので、振り払うことはできない。

少し歩きづらいけど、我慢して孤児院に向かう。

孤児院の中に入ると、子供たちは院長先生のところに案内してくれる。まあ、院長先生がいる場所はだいたい決まっているが、子供たちについていくことにする。

やってきたのは子供たちの遊び場になっている部屋だ。院長先生は子供たちとよくこの部屋にいる。部屋に入ると、予想どおり院長先生が子供たちと一緒にいた。

「ユナさん？」

部屋に入っていったわたしたちに院長先生が気付く。そして、わたしと一緒にいた子供たちはわたしから離れて、院長先生のところに向かってしまう。そんな子供たちを見て院長先生は嬉しそうにする。

やっぱり、わたしより、院長先生のほうが上のようだ。クマの着ぐるみでも、勝てない存在はある。そもそも院長先生やリズさんの存在と比べるのが間違っている。2人は長年、苦労して子供たちの面倒を見てきた。家族も同然だ。いくらクマの格好したわたしでも2人には勝てない。

わたしは床に座っている院長先生のところに向かう。

「ユナさん、お帰りなさい。ティルミナさんから仕事から戻ってきたことは聞いていましたが、体は大丈夫ですか？」

「大丈夫ですよ」

クマさん装備に包まれているわたしが怪我をすることはほぼない。わたしに怪我を負わせたかったら、たぶん、ドラゴンぐらい現れないとダメだろう。もっとも、現れたら逃げるけど。戦ってみたい気持ちはあるけど、命は大事だからね。

「ユナさん。冒険者なのは分りますけど、あまり無理はしないようにね。ユナさんになにかあれば、この子たちが悲しみますから」

院長先生は膝の上に乗っている子供の頭を撫でながら言う。

わたしの強さを知らない院長先生は心から心配してくれる。優しい人だ。そんな院長先生の隣にわたしは座る。

「わたしがいなかった間、なにもありませんでしたか？」

「それは子供たちの顔を見れば、分かりますよ」

院長先生は微笑みながら、部屋にいる子供たちに視線を向ける。部屋には絵本を読んだり、くまゆるぬいぐるみやくまきゅうぬいぐるみを抱いたりして、楽しそうにしている子供たちの姿がある。にぎやかな部屋なのに、なかにはくまゆるぬいぐるみを抱きながら気持ちよさそうに寝ている子もいる。

「でも、院長先生は子供たちに心配させないようにするから」

院長先生は子供たちの見えないところでは辛い顔をしても、子供たちの前では笑顔でいるタイプの人間だ。だから、そういう意味では院長先生の言葉は信用できない。

「そんなことはないですよ。今もこうやって子供たちと一緒にいられて、幸せですよ」

本当に院長先生が幸せなら問題はない。

「なにか、問題があったら言ってくださいね」

多少の問題ならどうにでもなる。力もあるし、お金もある。権力を持った知り合いもいる。冒険者ギルドと商業ギルドの両ギルドマスターに、この街の領主であるクリフ。さらには、国王にも貸しがある。そう考えると、今のわたしは敵なし？

「ふふ、そのときはお願いします」

わたしと院長先生はお互いに微笑む。

「それでリズさんとニーフさんはいないんですか？」

この時間なら鳥のお世話は終わっている。リズさんがいてもいいはずだ。それにニーフさんも、院長先生とこの部屋にいることが多い。

「2人はティルミナさんから、海に行くときに必要なものを用意するように言われたので、他の子供たちを連れて買い物に行きましたよ」

2人は買い物か。確かに旅行には必要なものがある。衣食住の食と住は用意できるけど、衣は各自で用意してもらわないと困る。他にもわたしが知らないだけで、必要なことがあるかもしれない。

わたしの場合、ほとんどのものがクマボックスに入っているから、何かがいきなり必要になることってないんだよね。

なにより、服の着替えが必要ない。

「でも、本当に子供たち全員を連れていくのですか？」

「いつも、真面目に仕事をしてくれているごほうびですよ」

「わたしたちはユナさんに仕事をいただいているだけで、感謝していますよ。どれほど、わたしたちがユナさんに救われたか」

わたしは、生きるための道しるべを示しただけだ。後は子供たちが自分の意思で一生懸命に働いて、頑張ったから、今がある。

もし、子供たちが鳥のお世話をしないと言っていたら、わたしは見捨てていたかもしれない。だから、頑張って働いた子供たちへの感謝の気持ちで、ミリーラの町に連れていってあげたいと思った。

「そんなことは気にしないで、院長先生も楽しんでくださいね」

わたしと院長先生が海の話をしていると、くまきゅうのぬいぐるみを持った小さな女の子がわたしのところにやってくる。

「ユナおねえちゃん。くまさん、もっていってもいい?」

女の子はくまきゅうぬいぐるみを抱きしめながら尋ねてくる。それに対して、「いいよ」って許可を出そうとした瞬間、院長先生が口を開く。

「ダメですよ。荷物は少なくするのが約束でしょう」

院長先生が女の子に注意する。

「でも、くまさんといっしょに」

「せんせい。わたしも、もっていきたい」

「ぼくも」

子供たちはくまゆるぬいぐるみやくまきゅうぬいぐるみを持ちながら、院長先生にお願いする。

院長先生は子供たちに囲まれて、困った表情を浮かべる。

「荷物は少なくしないといけません。それにすぐに戻ってくるのですから、少しの間だけ、我慢をしなさい」

「うぅ」

子供たちが持っているぬいぐるみを悲しそうに強く抱きしめるので、くまゆるとくまきゅうの顔が潰れる。

「その、院長先生。ぬいぐるみぐらい、いいんじゃ」

「一人を許すと、全員が持っていこうとします。他にも持っていく荷物がありますから。邪魔になるかと」

ぬいぐるみはかなりの数が孤児院にある。一人1個とは言わないけど、女の子はもちろん、小さな男の子も持っている。確かに、全員がぬいぐるみを持っていこうとしたら、かなりの荷物になる。

子供たちの顔を見る。

海には、元気に楽しく遊ぶために行く。なのに、子供たちが、くまゆるとくまきゅうのぬいぐるみがないと、悲しいと言うなら、持っていくべきだと思う。

それだけ、くまゆるとくまきゅうのぬいぐるみが受け入れられているっていう証拠で嬉しいことだ。

「それじゃ、これを使ってください。ぬいぐるみぐらいなら入りますよ」

わたしはアイテム袋を院長先生に渡す。

ぬいぐるみの10個や20個、余裕で入る。

「いいのですか？」

「プレゼントしたぬいぐるみを気に入ってくれてるのは嬉しいですから。それに、みんなの顔を見たら、ダメなんて言えないです」

わたしが許可を出すと子供たちは嬉しそうにする。プレゼントしたものは使われないよりは使われたほうが嬉しい。

もし、タンスの肥やしになっていたら、悲しいからね。

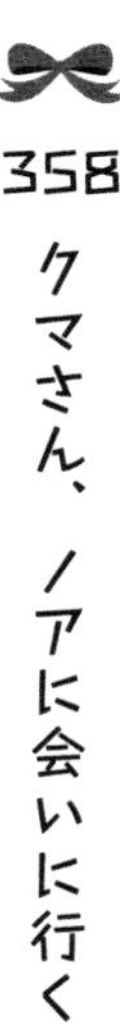

358 クマさん、ノアに会いに行く

　それから、院長先生とお話をしたり、子供たちと遊んだわたしは、孤児院を出てからノアの家に向かう。クリフに王都から戻ってきたことを伝えないといけないし、ティルミナさんとの約束もある。それにノアに戻ってきたことを伝えないと「戻ってきたなら教えてください」とか言われそうだ。でも、久しぶりに行くと「くまさん成分が〜〜」とも言われそうだ。

「ユナさん。くまさん成分をください！」

　会うやいなや言われた。

「ノア、ちゃんと勉強はしている？」

「していますよ。これも海に行くためです。でも、それにはくまさん成分が必要だったので、ユナさんのおうちにくまさん成分を補給しに行ったのに、ユナさんがいなかったのでできませんでした」

「わたしが王都に行っていることをクリフから聞いていなかったの？」

　クリフから王都に行ってほしいと頼まれたとき、ノアに王都へ行くことを伝えておいてと、頼んでおいた。

「くまゆるちゃんとくまきゅうちゃんなら、すぐに戻ってこられると思ったんです」

ら一瞬だ。

まあ、くまゆるとくまきゅうなら、馬よりも早く行き来できる。なにより、クマの転移門なら一瞬だ。

とりあえずはクマ成分を補給させるために、子熊化したくまゆるとくまきゅうを召喚してあげる。ノアは嬉しそうにくまゆるとくまきゅうを抱きしめる。

「うぅ、幸せです」

貴族の令嬢にしては、なんとも安上がりな幸せだ。でも、その気持ちは分からなくもない。くまゆるとくまきゅうを抱いていると幸せな気持ちになる。

「それで、今日はどうしたんですか？　もちろん、用がなくてもユナさんならいつでも大歓迎ですけど」

「今日はミリーラの町に行く日が決まったから、その報告かな？」

「決まったんですか？」

わたしは予定の日を伝える。

「日の出とともに出発するから、遅れないでね」

「寝坊しないように頑張ります」

ノアは小さな手をぎゅっと握る。

まあ、ノアの場合、しっかり者のメイドのララさんがいるから大丈夫だろう。

「でも、くまゆるちゃんとくまきゅうちゃんを貸してくれれば、遅刻はしませんよ」

「貸さないよ」

「残念です」

　ノアと話していると、クリフが部屋にやってくる。

「少し失礼するぞ」

「お父様、どうかしたのですか？」

「ユナが来ていると聞いてな、礼に来た」

「王都の件？」

「そうだ。それで、問題なく国王陛下には渡してくれたのか？」

「うん、渡したよ。でも、そのまま国王陛下に次の仕事を頼まれたから、戻ってくるのが遅くなったけど」

　おまけに、デゼルトの街でも仕事を引き受けた。クマの転移門がなければ、時間がかかっただろう。

「そうか。迷惑をかけたな」

　クリフが珍しく、申し訳なさそうにする。

「別にクリフのせいじゃないよ。それに、嫌だったら、断っているし。今回は引き受けてよかったと思っているから、気にしないで」

「そう言ってもらえると助かる」

どうやら、わたしを国王のところに行かせたことを、気にかけていたみたいだ。

「それで、今日はどうした？」

「ミリーラに行く日程が決まったから、それを伝えに来たんだよ」

あと、クリフに王都から戻ってきたことを伝える目的もあったけど、ノアに会って、すっかり忘れていた。

「お父様、しっかり勉強はしていましたから、行ってもいいんですよね？」

「ああ、約束だからな。でも、出発までも、しっかり勉強はするんだぞ」

「はい」

ノアは元気に返事をする。

「ユナ。もし、ノアが我がまま言ったら、叱ってていいからな。おまえさんの言うことなら、ちゃんと聞くだろう」

「わたし、我がままなんて言いません」

「それなら、そのクマを他の子供たちに取られても、文句は言うなよ」

クリフはノアが抱いているくまゆるを取り上げる。ノアが手を伸ばすがクリフが遠ざける。

くまゆるは「くぅ～ん」と鳴く。

「お父様！　ひどいです、返してください」

「他の子供たちが、同じようなことをしても、同じことを言うのか？」

「それは……」

「お前は自分の立場と、言葉に気をつけないといけない。それだけは忘れないようにしろ」

クリフはくまゆるをノアに返してあげる。

「街の住民は領主である俺たちにとって財産だ。嫌われることだけはするな。嫌われれば、それは自分に返ってくる。住民に好かれてこその領主だ」

「分かっています」

「ならいい。おまえが人をバカにしたりしないのは分かっている。でも、おまえはクマのことになると、我がままになるからな」

クリフはノアが抱くくまゆるの頭を撫でる。

確かに、ノアは基本的には良い子だけど、クリフの言うとおり、クマのことになると我がままになるところがある。

「うぅ」

ノアも心当たりがあるのか、黙ってしまう。

「あのフィナって女の子にも嫌われたくないなら、なおさらクマに関しても我慢を覚えろ」

「わ、分かりました」

それにしても、クリフはノアのことをよく見ているね。

初めてノアがフィナに出会ったときのことが脳裏に浮かぶ。「くまさんは譲りませんよ」とか「前は譲りませんよ」とかフィナに宣言していた。懐かしい思い出だ。

でも、ノアのクマ好きってわたしのせいなのかな？

くまゆるとくまきゅうを嬉しそうに撫でるノアの姿を見ると、絶対にわたしのせいだよね。

いつかはクマ離れができることを祈ろう。

クリフは仕事があるからと言って、部屋から出ていく。

「ああ、そうだ。ユナさんにお願いがあるんですが」

くまゆるとくまきゅうの前脚を握ったり、耳を触ったり、尻尾を触ったり、頭を撫で回しているノアが顔を上げる。

「うん？　なに？　くまゆるとくまきゅうならあげないよ」

「もちろん、くまゆるちゃんもくまきゅうちゃんも欲しいですが、違います。わたしのお願いがクマさんだけだと思わないでください」

えっ、違うの？　と口にすると話が進まなくなるので、黙っておく。

「それでなに？」

「ミサも海に誘ってもよろしいですか？　あの子も海を見たことがないと思うんです。だから、一緒に連れていってあげたいんです」

予想外のお願いだ。確かに、ミサだけを連れていかないのは可哀想だ。王都では仲良しだったし、誕生日会にも誘ってもらっている。

それに今さら一人や2人増えたところで変わらない。

「別にいいよ」

「本当ですか。ありがとうございます。それじゃ、時間もないので、今から手紙を書きますね」

ノアは嬉しそうにくまゆるとくまきゅうを離すと、机に移動して、手紙を書き始める。

でも、ミサか。一人で来るわけがないから、グランさんも一緒かな？　両親は来ないよね。

あっ、ミサが来るってことは護衛にマリナたちが来てもおかしくはない。そうなると、女子率が上がることになる。もし、ギルが一緒に来てくれるようなら、どっかのハーレム漫画や小説のようなイベントになってしまう。

でも、実際のところはどうなんだろうね。もし、逆の立場だったら、女子一人に他が男性だったら逆ハーレムどころか危険信号だ。ハッキリ言って危険でしかない。でも、性別が違うから、嬉しいのかな？

男性を襲う女子はいないはずだ。……いないよね？

少なくとも今回のメンバーにはいないことを祈りながら、ノアが手紙を書く姿を眺める。

「書けました。ララにお願いしてきます」

一刻も早く手紙を出したいのか、ノアは部屋から出ていく。

そして、わたしは残されたくまゆるとくまきゅうと一緒にのんびりする。
人生はまったりが一番だよね。

359　クマさん、アイスクリームを作る

ミリーラに行く準備は着々と進む。

そして、外の暑さも増していく。クマ装備のおかげでわたしは暑さを感じないけど、周囲を見ていれば、暑いことは分かる。外を歩けば薄手の服装の人が増えて、みんなわたしのことを暑そうに見ている。

これからさらに気温も上がっていくと思う。そうなると暑い日に食べたくなる物がある。

「確か、作れるよね」

作り方を思い出しながら、くまゆるとくまきゅうを抱いていると、フィナとシュリが卵を届けに家に来た。

タイミングがいい。

わたしは2人を捕獲して、家の中に招き入れる。

「今日は暑いです。ユナお姉ちゃんは暑くないんですか？」

額に流れる汗を拭きながら、フィナが尋ねてくる。

わたしの格好はいつもどおりの、見た目が暑そうなクマの着ぐるみだ。その点、フィナとシュリは薄着で、涼しげで可愛い。

「前にも話したけど、特別な服だからね」

「でも、ユナお姉ちゃんのおうちは涼しいです」

クマハウスは窓さえ開けなければ、適温を保ってくれる。だから、雪山だろうと砂漠だろうと、快適に住むことができる。

「はい、冷たい水だよ」

外を歩いてきた2人に冷えた水を用意してあげる。

「ありがとうございます」

「ありがとう」

2人はコクコクと水を飲み干す。

「2人は今日は暇？」

「はい、特にすることはありませんが。解体のお仕事ですか？」

「それもあるけど、今日は別件」

スコルピオンの解体をお願いしたいけど、それは、また今度にしてもらえばいい。

「別件ですか？」

夏といえば、冷たい食べ物。

つまり、アイスクリーム。

クマバスの移動の中で食べてもいいし、暑い海辺で食べてもいい。子供たちに冷たいアイスクリームを食べさせてあげようと思っている。

「今日は冷たいお菓子を作るから、2人には手伝ってもらおうと思って」

なんせ、ミリーラに行く全員分を作ることになったら、かなりの量になる。そして一人あたり、2、3個用意すると考えると、恐ろしい数になる。それを一人で黙々と作るのは寂しい。

あの、王都で一人寂しくプリンを作った記憶が蘇ってくる。

でも、今回は王族の食べ物ではないので、作ってもらえるはず。

「冷たいお菓子ですか？　かき氷ですか？」

「違うよ。アイスクリームっていう食べ物だよ」

ちょっと調べてみたけど(クリモニア限定)、かき氷はあるけど、アイスクリームはなかった。

「かき氷、食べたい」

シュリが小さな声で言う。

「シュリ、かき氷食べたいの？」

「……うん」

かき氷ぐらい、いくらでも作ってあげられる。氷を削って、シロップをかけるだけだ。

アイスクリームを作る前に、2人にかき氷を作ってあげることにする。

わたしはお皿を用意すると、魔法で氷を作って、風魔法で氷を削る。シュウルルルと音を立てて、お皿の上に削られた細かい氷が溜まっていく。

最後に果物のジャムやハチミツ、甘いシロップなどをかける。流石（さすが）に元の世界みたいに、レモン、メロン、イチゴ、ブルーハワイなどのシロップはない。だから、クリモニアではジャムや甘い物をかけるみたいだ。

わたしがかき氷を用意すると、2人は美味しそうに食べ始める。

「冷たい」

「おいしい」

「これが、かき氷なんですね」

「もしかして、食べたことがないの？」

「……はい、初めてです。その……去年まではお母さんが……」

そうだった。

初めてフィナと出会った頃を思い出す。

フィナとシュリには父親がいなくて、母親のティルミナさんは病気で寝込んでいた。母親のため森で薬草を集め、ゲンツさんのところで解体の仕事を分けてもらい、その日を生きるだけでも大変で、かき氷なんて買う余裕はなかったはず。

「好きなだけ、食べていいよ」

かき氷ぐらいで喜んでもらえるなら、いくらでも作ってあげる。

「ありがとうございます」

「ユナ姉ちゃん、ありがとう」

2人はかき氷を美味しそうに食べる。

それからしばらくして……。

「ユナお姉ちゃん、寒いです」

「ユナ姉ちゃん、お腹が少し痛い」

2人はかき氷の食べすぎで、寒そうにしたり、お腹をさすったりしている。

「食べすぎだよ。ほら、2人とも。温かいお茶だよ」

「ありがとうございます」

「ありがとう」

食べるほうも悪いけど、与えたわたしも悪い。

美味しそうに食べている2人を見ると、与えたくなるのはわたしの悪い癖だ。だから、ティルミナさんに「ユナちゃんはフィナとシュリに甘い」って、よく言われる。孤児院の子供たちにも甘くしたり、ノアにも優しくしたりして、院長先生やクリフにも同じような表情をされた。

ぼっち生活が長かったせいか、自分を好いてもらうと甘くなるみたいだ。たぶん、嫌われたくないから、そうなっちゃうのかな。

今までの自分の行動を分析してみる。

でも、直そうと思っても、直らないよね。今さら、フィナたちに冷たく接することなんて、できない。

そもそも、そんなことをする必要はない。

でも、甘やかせ過ぎには気をつけよう。


しばらく休むと、2人は元気になる。少し治癒魔法を使ったのは内緒だ。

かき氷を食べて、本来の目的からずれてしまった。

「それで、冷たいお菓子を作るんですよね」

「ユナ姉ちゃん。美味しいの？」

「上手に作れれば、美味しいよ」

もっとも、美味しいのは、ちゃんと作れた場合だ。

作る手順は簡単だから覚えているけど、問題は分量だ。記憶が曖昧で卵や牛乳、砂糖の分量を覚えていない。

ここにパソコンでもあれば一発で調べることもできるけど、ないものねだりしても仕方ない。

まずは曖昧な記憶を頼りに作ることになる。そのあたりはクマの勘に賭けるしかない。

「楽しみです」

「うん、早く食べたい」

さっきまでお腹が痛いって言っていたのに、治ったら、これだ。それがシュリらしさでもあるけれど。

まずは卵黄と牛乳、砂糖を用意する。いくつか作り方があったはず。卵白と卵黄を使った作り方と、卵黄のみを使った作り方。とりあえず、卵白を捨てるのももったいないので、使うことにする。

卵白に砂糖を入れ、かき混ぜてメレンゲを作る。

問題は砂糖の量だけど、記憶にない。とりあえず、わたし、フィナ、シュリで量を変えて混ぜ、食べ比べてみることにした。

そして、次に卵黄に牛乳を入れ、かき混ぜる。

冷やしながら、牛乳を入れる方法もあったはずだけど、とりあえず、こちらで確かめてみる。

最後に初めに作ったメレンゲを入れて、さらにかき混ぜる。あとは適当な入れ物に入れて、冷凍庫で冷やす。

「ユナお姉ちゃん、これだけでいいの？」

「一応、これで冷やしたら完成だけど。時間を見ながら、たまにかき混ぜないといけないかな？」

うろ覚えだ。ここで、牛乳を入れるんだっけ？

まあ、いろいろと確かめながら作っていけばいい。

「それじゃ、次を作ろうか」

同じような要領で同じように作ってみる。

「ああ！　シュリ、舐めたらダメだよ」

シュリが、砂糖を入れてかき混ぜたメレンゲを舐めてしまう。それをフィナが注意する。

「ごめんなさい」

「ほら、口についているよ」

フィナはハンカチを出して、シュリの口元を拭いてあげる。本当に仲が良い姉妹だ。

そんな2人を見ながら、アイスクリーム作りに専念する。

それから、いろいろと分量や素材を変えて試作を続ける。固まるまで時間はあるし、どれが美味しくできるかは食べてみないと分からない。とりあえず、バリエーションを多く作ってみる。

「ユナお姉ちゃん、混ぜていいの？」

「少しだけだよ」

オレンの実や他の果物を入れたり、抹茶アイスを再現するために、お茶を試したり、いろんな味に挑戦する。はっきり言って、どれが成功するかは分からない。なにより分量が分からないのが難点だ。

「シュリ、砂糖入れすぎ！」

ちょっと目を離すと、シュリは砂糖を多く入れようとする。

子供が甘いのが好きなのは仕方ないけど、入れすぎはよくない。

「あと、自分で作ったアイスクリームは分量をメモしておくのを忘れないでね」

そして、いろいろなアイスクリームを作っている間に、初めに作ったアイスクリームが固まってくる。

「それじゃ、少しだけ味見しようか」

「はい」

「やった〜」

初めに作ったアイスクリームの試食をする。

食べると、うん、美味しい。ちゃんと美味しくできている。

「口の中で溶けます。不思議です」

「おいしい」

2人とも美味しそうに食べる。

次にシュリが作ったアイスクリームを試食する。

食べると、甘い。

「シュリ。砂糖、たくさん入れたでしょう」

「だって、甘いほうが美味しいと思って」

まあ、シュリのアイスクリームも甘かったけど、ほどほどに美味しく食べられる。今日はいろいろなアイスクリーム作りや試食会を行った。まだ、固まっていないアイスクリームは明日また試食することになっている。

そして、今日作った中から、美味しくできたアイスクリームを大量に作る予定だ。

美味しくできるといいな。

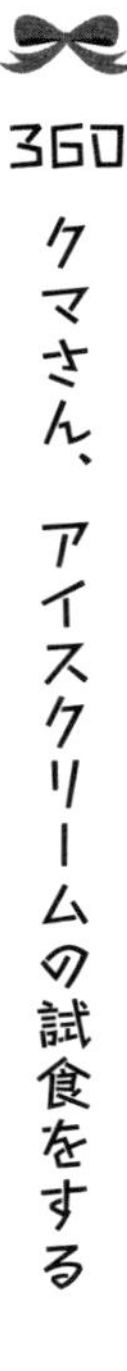

360 クマさん、アイスクリームの試食をする

昨日は試験的に、いろいろなアイスクリームを作った。

全ての試食はしなかったので、残りの試食を今日することになっている。なので、今日もフィナとシュリにクマハウスに来てもらったんだけど、目の前にはティルミナさんの姿もある。

「えっと、ティルミナさん、どうしたんですか？」

「ユナちゃんが、また変な食べ物を作ったと聞いたから来たのよ」

変ってなに？

アイスクリームを作っただけだよ。

「この忙しいときに、新しいことを始めないで」

ティルミナさんに真面目な表情で懇願される。どうも、ティルミナさんは勘違いをしているみたいだ。

「違うよ。別にお店で作ろうとかじゃないよ。冷たいお菓子を作って、海に行ったときに食べようと思っただけだよ」

「本当？」

疑うようにわたしを見る。

そんなにわたしって、信用ない？

「本当だよ。だから、ティルミナさんに迷惑をかけたりはしないよ」

今は……と心の中で呟く。

「なら、いいけど。フィナから大量の卵の追加も頼まれるし、何事かと思ったわ」

昨日、フィナに、ティルミナさんに余った卵を回してほしいと、伝言を頼んだ。どうもそれがティルミナさんを驚かせたみたいだ。

それで、ティルミナさんがフィナに理由を聞いて、卵を届けるのと一緒にクマハウスにやってきたみたいだ。

人のことを何だと思っているのかな。そんなにいつもトラブルを持ってきたりはしないよ。

……たまにだけだよ。

「それで、冷たくて美味しいものだって聞いたけど、なにを作ったの？」

「うん、冷たいお菓子だよ。ティルミナさんも時間があるようなら、試食して、意見を聞かせて」

「あら、わたしも食べていいの？」

そもそも、今日は試食会だ。人は多いほうがいい。それに大人の女性の意見も大切だ。

「美味しい、不味(まず)いはもちろん、甘すぎとか、もう少し甘いほうがいいとか。味が薄いとか、いろいろとコメントをお願いします。シュリは甘いアイスに採点がまさに甘くなるので」

プリンを作ったときと同じだ。一番の問題は甘さだと思う。

「ふふ、了解、分かったわ」

話を聞いていたシュリは「あまいほうがおいしいのに」と小さい声で呟いている。

「甘いのもほどほどにしないとダメよ」

ティルミナさんはシュリの頭に手を置く。

そんな感じでティルミナさんを含めた試食会が始まった。

わたしは冷凍庫から「フィナ1」と書かれたアイスクリームのカップを一つ取り出し、小分けにしてお皿にのせる。

名前と番号は、材料の分量が分かるようにするためだ。

「これが、フィナたちが言っていた冷たいお菓子ね」

「アイスクリームっていいます」

ティルミナさんはスプーンでアイスを掬って、口に運ぶ。フィナもシュリも口に運ぶ。

「あら、美味しいわ」

「はい、美味しいです」

「ユナ姉ちゃん。美味しいよ」

「でも、氷とは違って一瞬で溶けるのね。不思議な食感」

これは意外と上手にできている。

甘さもほどほどで、砂糖の量もちょうどいいみたいだ。

流石、フィナが作っただけのことはある。


それから、わたしたちは、次々と味見をしていく。

なかにはカチカチに凍ってしまって、アイスキャンディーになったものもあった。でも、それはそれで美味しくできている。まあ、食べられないものは入れていないので、基本、どれも美味しくでき上がっている。

でも、やっぱりか。みんなの表情や言葉を聞くと、柔らかいアイスクリームが高評価みたいだ。口に入れて溶ける食感がよかったらしい。アイスキャンディーも悪くないが、アイスクリームと比べると評価は少しだけ低かった。

「味が薄かったり、甘すぎるのもあったけど、どれも美味しいわね」

「甘いのはシュリが作ったものだね」

そして、今回、旅行に持っていくアイスは、試食で評価が高かったものを選んだ。

「それじゃ、このアイスクリームを作るために卵がたくさん必要になるのね」

クマボックスには卵がたっぷり入っている。でも、昨日、アイスクリームの試作で大量に使い、今日も使う予定なので、卵はいくらあっても困ることはない。

それにわたしが個人的に使うときにストックがないと困る。

「分かったわ。余った卵は優先的に持ってくるわね」

基本、商業ギルドに卸して余った卵は「くまさんの憩いの店」の材料などに回され、モリンさんの新作パンや、ネリンの新作ケーキなどを作るために回される。それでも余った場合、わたしが引き取ることにしている。

さらにわたしがいないときなどは安く商業ギルドに卸すことになっている。

アイスクリーム作りをティルミナさんも手伝ってくれることになった。

人手が多いと助かるので、ありがたく手伝ってもらうことにする。

「それで、こうやって型に入れれば作れるのよね」

「流し込むだけですから」

「クマさんの形をしたものも作れそうね」

「なんで、クマの話が出てくるんですか？」

「いや、クマの形をしたアイスクリームをお店に出したら、売れるかなと思って」

「さっきは面倒なことはやめてって、言ってませんでしたか？」

「それはそれよ。お店の会計を預かる身としては、どうしても売り上げを考えちゃうのよ」

ティルミナさんってそういう人でしたっけ。

もしかして、ティルミナさんにはお店のことは任せっぱなしだから、それで影響が出てきたのかな？

とりあえず、お店でのアイスクリーム販売の話は保留になった。

「流石に、これだけ作ると疲れるわね」

ティルミナさんが腰を叩く。ここで、「年ですか？」などとバカなことは言わない。実際にフィナもシュリも疲れている。

「うぅ、腕が疲れました」

「つかれたよ」

昨日は試しに試食用を作っただけだったけど、今日は海に行く全員分を作っている。しかも、1日1個計算でも、一人あたり、できれば3個分は作りたいところだ。

そう考えただけでも、かなりの数になる。

「フィナ、どんな感じ？」

「えっと、こんな感じです」

フィナが返事をして、わたしのほうを振り向くと鼻にクリームをつけている姿がある。

姉妹揃って、そっくりだ。

「ちょうどいいかもね」

わたしはかき回しているクリームを確認し、フィナの鼻の上についていたクリームをハンカチで拭いて、褒めてあげる。

そして、できたアイスクリームは部屋の端にある大型冷凍庫にしまっていく。

「ユナちゃん、こんな大きな冷凍庫を用意したのね」

流石にいつも使っている冷凍庫では小さすぎるので、このために用意した。

「でも、なんで、クマの形をしているの？」

わたしは、その質問に返答はしなかった。

361　クマさん、スコルピオンの解体をお願いする

アイスクリームは、ティルミナさんやフィナとシュリのおかげもあって、大量の作り置きができた。

「フィナ、シュリ、ティルミナさん、ありがとうね」

「あれだけの量を作ると、流石に疲れるわね」

「早く食べたいな」

シュリはアイスクリームが入っている冷凍庫を見ている。

「海に行くまでダメだよ」

そもそも、本格的にアイスクリーム作りをする前に、散々試食したと思うんだけど。

「それじゃ、わたしは夕食の買い出しに行ってくるわ」

「わたしも行く！」

シュリが手を挙げる。

フィナも行こうとしたが、わたしが止める。

「フィナには聞きたいことがあるから、残ってもらえる？　ティルミナさん、フィナをもう少し借りていい？」

「ええ、いいわよ。でも、夕食までには帰してね」

ティルミナさんは笑いながらシュリを連れてクマハウスを出ていった。

「あのう、それで、聞きたいことってなんですか？」

「フィナって、スコルピオンって魔物は知っている？」

「スコルピオンですか？　冒険者ギルドにある魔物図鑑で少し見たことがあるだけで、詳しくは知りません」

まあ、このあたりじゃスコルピオンなんていないし、そうだよね。

「どうして、そんなことを聞くんですか？」

「数日前まで、国王の依頼で仕事をしていたのは知っているよね？」

「はい」

「そのときに、スコルピオンを討伐したから、フィナに解体をお願いしようと思ったんだけど」

「ごめんなさい。解体したことがないから、できないかも」

フィナが申し訳なそうな表情をする。

「別に責めているわけじゃないからね」

「でも、わたし、ユナお姉ちゃんが討伐した魔物を解体するって、約束を」

ああ、したね。フィナと会ったばかりの頃、ゲンツさんから、討伐した魔物をフィナに依頼してほしいと頼まれた。

そして、わたしはその願いを聞き入れ、解体はフィナにお願いすることになった。

「それじゃ、失敗してもいいから、練習してみる？」

「練習ですか？」

「たくさん討伐したから、別に失敗しても問題はないよ」

「ダメです。素材がもったいないです」

「別に気にしないよ」

クマボックスの中にはたくさんのスコルピオンが入っているから、少しぐらい素材が無駄になっても気にしない。でも、フィナは気にするみたいだ。

「うぅ、ダメです。魔物を討伐するのは危険なことです。命がけの仕事です。そんな大変な思いで倒した魔物を、失敗なんてできません」

確かにそうだけど。もし、苦労して倒した一匹が解体のミスでボロボロになったら、悲しいものがある。

「でも、誰でも初めて見る魔物の解体は、失敗して当然だと思うよ。みんな、ミスをしながら学んでいくんだよ」

「でも……」

フィナは納得しないようだ。

「あのう、お父さんに、お願いしちゃダメですか？」

「ゲンツさん？」

「はい、お父さんは昔は冒険者でいろいろなところに行ったと言っていました。きっと、スコルピオンの解体方法も知っていると思います」

ゲンツさんはフィナの解体の師匠だ。

確かに、ゲンツさんなら、知っている可能性はある。ブラックバイパーの解体もしていたし。

あまり、大事にしたくなかったけど、ゲンツさんがスコルピオンの解体ができるなら、フィナはスコルピオンの正しい解体技術を学ぶことができる。

先生がいるといないのでは、大違いだ。

「そうだね。聞いてみようか」

「はい」

さっそく、わたしとフィナは、ゲンツさんに会いに冒険者ギルドに行き、討伐された魔物を管理している場所に向かう。

ゲンツさんを捜すと、部屋の壁ぎわで、ギルドマスターと話をしている姿があった。

「取り込み中みたいだね。少し待とうか」

「はい」

わたしたちがじっと会話が終わるのを見ていると、２人がわたしたちに気付いてやってくる。

「フィナに、ユナもどうした？」

「ゲンツさんに聞きたいことがあったんだけど」

「俺にか？」

わたしはチラッと、ギルマスのほうを見る。なるべくならスコルピオンのことは聞かれたくない。

「なんだ。俺がいると迷惑そうだな」

はい、迷惑です、と言いたいが、本人を前にして口にはできない。

「そうじゃないけど。仕事に戻らないの？」

「俺の勘が、面倒ごとを持ってきたと言っている」

ギルマスがニカッと笑ってわたしを見る。

そんな勘は働かせないでいいよ。

「別に面倒ごとなんて持ってきていないよ。ゲンツさんに話を聞くだけだよ」

「なら、話せばいいだろう」

そう言って、この筋肉ダルマは動かない。

「…………」

沈黙が流れる。

「なんだ、話がなければ、俺は仕事に戻るが」

ゲンツさんはわたしとギルマスに挟まれて、いたたまれなくなったのか、この場から逃げようとする。

わたしはゲンツさんの行動に便乗する。

「そうだね。仕事が終わってからにしようか。フィナもそれでいいよね？」

「わたしはどちらでも」

フィナがわたしとギルマスを見ながら答える。

「ダメだ。俺に聞かれても問題がなければ、話せばいいだろう」

わたしは逃げようとしたが、回り込まれた。

まあ、親玉スコルピオンのことを話さなければ大事にはならないはずだ。

「分かったよ。話せばいいんでしょう。でも、大騒ぎはしないでよ」

「それは、話を聞いてから判断する」

筋肉もカタそうだけど、頭もカタかった。

わたしは息を吐くと諦める。

「ゲンツさん、スコルピオンって解体できる？」

「スコルピオン？　まあ、やったことはあるからできるが、もしかして持っているのか？」

「うん、まあ。それでフィナに解体をお願いしようと思ったら、やったことがないって言うから、ゲンツさんに聞くことになったんだけど」

「まあ、このあたりにはいない魔物だからな。フィナが解体をしたことがないのは仕方ない」

　おもに砂漠にいる魔物みたいだからね。

「何事かと思えばスコルピオンの解体か。俺はもっと、大変なことだと思ったぞ」

　わたしたちの話を聞いていたギルマスが、そんなことを言い出す。それはギルマスが勝手に思い込んだだけだ。わたしは悪くない。

「このあたりにはいない魔物でしょう。それを持っているって、変に思われると思って」

「確かにそうだな。まあ、おまえさんとおまえさんのアイテム袋は、規格外だからな」

　まあ、理解が早くて助かるけど。

「それでゲンツにスコルピオンの解体を頼みに来たのか？」

「フィナって解体の勉強をしているでしょう。だから、フィナに教えながら解体してもらえたらなって」

「そういうことなら、ギルドで引き取るぞ。他の職員も解体をしたことがない者もいる。いい勉強になるはずだ」

「でも、この街でスコルピオンなんか出したら騒がれない？」

「まあ、多少は騒ぐかもしれないが、ギルド内で処理をすれば大丈夫だろう。ゲンツもそれでいいな」

「娘と一緒でいいなら」

「それは今さらだろう。それでユナは何体持っているんだ？　そのクマのアイテム袋に入っているんだろう？」

本当のことを言っていいのかな？

何体ぐらいまでだったら、騒がれないかな？

ちなみにスコルピオンは100体ほどある。ウルフを100体と考えれば大したことじゃないよね。

「おまえさんのことだ。10体は持っているんだろう。全部引き取るぞ」

その10倍です。しかも、その親玉も持っています。

まあ、ギルマスがそう思っているなら、話を合わせることにする。

「ギルマスの言う通り、10体ほどあるよ」

「やっぱりな。こっちだと、手に入りにくいし加工しだいでは甲殻はなかなかの防具になるから、商業ギルドも喜ぶだろう」

親玉の甲殻は硬かったけど、通常のスコルピオンはそんなに硬いようには感じなかった。でも、上手く加工すれば強度が増すのかな？

茹(ゆ)でるとか？

カニやエビが入った鍋が頭に浮かぶ。美味しそうだ。

寒くなってきたら、鍋もいいね。エルフの里に行けば、キノコもあるから、キノコ鍋もいいかもしれない。

　まあ、この季節にやる夏鍋も美味しそうだけどね。

「肉は美味しいの？」

「ああ、肉も美味しいな」

「それじゃ、肉は少し、こっちで引き取りたいんだけど」

「どのくらいだ？」

「とりあえず食べてみたいだけだから、少しでいいよ」

　また欲しくなったら、フィナに解体をお願いすればいいだけだ。

「商談成立だな。それで、引き渡しはいつにする？　おまえさん、俺に知られたくないってことは、自分が持ってきたことは知られたくないんだろう」

「そうだけど、ギルドで内密にしてくれるなら、いいよ」

「う～ん、口の軽そうな奴もいるからな。なんなら、明日の早朝でどうだ？　早朝なら人も少ない」

　ギルドは24時間やっている。だからといって、ギルド職員が何人も待機しているわけじゃない。緊急時に備えて、夜は数人いる程度だ。だから、仕事が本格的に始まる前の早朝ならギルド職員も少ない。

　問題はわたしが早起きをしないといけないってことぐらいだ。

これはくまゆるとくまきゅうに起こしてもらうしかないかな。
わたしは了承して、明日の早朝に来る約束をする。

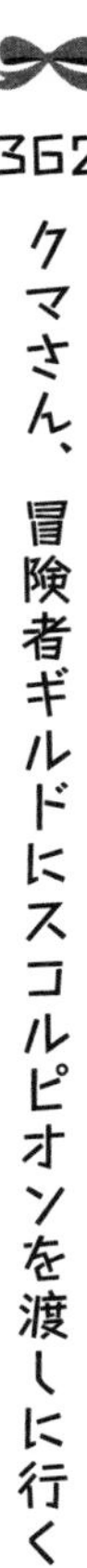

362 クマさん、冒険者ギルドにスコルピオンを渡しに行く

翌朝、くまゆる目覚ましと、くまきゅう目覚ましによって起きる。

今日は、目覚ましが激しくなる前に起きれてよかった。

くまゆる目覚ましとくまきゅう目覚ましは、わたしが起きないと、起こし方がきつくなってくる。

初めは優しくペチペチと叩くぐらいだ。それでも起きないと、徐々にペチペチが強くなってくる。それでも起きないと、くまゆるとくまきゅうはお腹の上に乗ったりする。最後は顔に覆い被さってくる。あれは本当に苦しいのでやめてほしいと思う。

今日は、左右からペチペチと顔を叩かれたところで起きることができた。

「くまゆる、くまきゅう、おはよう」

目を擦りながら、起き上がる。

うぅ、まだ眠い。外はまだ薄暗い。こんなに早く起きたのは久しぶりだ。

でも、今日は冒険者ギルドに職員が集まる前に、スコルピオンを渡す約束をしているので、起きないといけない。

さて、朝食はどうしようかな？

でも、気分的に朝食にも早い気がする。わたしはお腹と相談して、冒険者ギルドから戻ってきてから食べることにする。わたしは白クマから黒クマに着替えて、くまゆるとくまきゅうに呼びかける。

「それじゃ、行くよ」

「「くぅ～ん」」

クマハウスを出ると、子熊化しているくまゆるとくまきゅうがトコトコとわたしの後をついてくる。たまに早く起きたときは、子熊化したくまゆるとくまきゅうを連れて散歩することがある。朝なら、人がいないから驚かれることもないし、近寄ってくる者もいない。

そんな散歩を兼ねて冒険者ギルドに向かっていると、顔は知っているけど、名前も知らないお婆ちゃんに挨拶(あいさつ)される。わたしも「おはようございます」と返事をする。くまゆるとくまきゅうにも挨拶をするお婆ちゃん。くまゆるとくまきゅうは「くぅ～ん」と鳴いて返事をする。

家の周辺にはわたしやくまゆるやくまきゅうのことを知っている人は多い。だから、近所を子熊化したくまゆるとくまきゅうと歩いているぐらいなら驚かれなくなった。

わたしは小さく欠伸(あくび)をする。朝の空気は気持ちいいけど、眠くて仕方ない。くまゆるを大きくして、背中に乗りたくなってくる。そんなことを考えていると、冒険者ギルドが見えてくる。

冒険者ギルドの前にはゲンツさんとフィナの姿がある。

「2人ともおはよう」

「おはようございます」

「ちゃんと、遅刻せずに来たな」

「わたしには起こしてくれるこの子たちがいるからね」

わたしはしゃがむと隣にいるくまゆるとくまきゅうの頭を撫でる。最強の目覚ましだ。

「くまゆる、くまきゅう、おはよう」

フィナも一緒になって、くまゆるとくまきゅうの頭を撫でる。

「和(なご)んでいるところを悪いが移動するぞ。お前さんも知られたくないから、こんな時間になったんだろう」

そうだった。誰かに見られでもしたら困る。

わたしたちはギルドの裏に回り、裏口から解体を行う倉庫に入る。

「それじゃ、適当に出してくれ」

わたしは昨日の約束どおりにクマボックスから、10体ほどのスコルピオンを取り出す。

「懐かしいな」

「そうなの？」

「ああ、冒険者のときは何度か解体したことはあるが、ギルドで働くようになってからはあまりない」

「あまりないってことはあるの？」

「たまにな。どこかの冒険者が持ち込むことがある。だから、今回も少しは騒ぎになるかもしれないが、嬢ちゃんが思っているほどのことにはならないはずだ」

まあ、騒がれてもわたしと知られなければいい。

「それで、甲殻はこっちで引き取っていいんだな」

「いいよ。肉は少し分けてほしいけど」

ちょっと味見だけはしてみたい。もしかするとエビやカニみたいに美味しいかもしれない。

アンズやモリンさんになにか料理にできないか聞いてみるのもいいかもしれない。

「分かった。仕事が終わったら、おまえさんの家に持っていく」

「別に取りに来てもいいけど」

「それじゃ、隠れて引き取っている意味がないだろう。おまえさんは、黙っててほしいのか、知られてもいいのか、どっちなんだ？」

それはそうだ。わたしが取りに来たら怪しまれるよね。

「それじゃ、お願いしてもいい？」

「ああ、構わん」

話し合いの結果、スコルピオンの肉を家に届けてもらうことになった。

「それじゃ、フィナ。他の職員が来るまでに、基本的なことを教えてやるから、見ておくんだぞ」

ゲンツさんは解体用のナイフを取り出すと、スコルピオンに近づく。

「うん、お父さん」

フィナはもう普通にゲンツさんのことをお父さんって呼ぶ。ゲンツおじさんって言っていた頃が懐かしい。

フィナは解体用のナイフを取り出す。

わたしがあげたミスリルナイフじゃない。

「ミスリルナイフは使わないの？」

「ミスリルナイフは、俺が止めている。あれに慣れると、なんでも楽に解体ができるようになって、基礎がおろそかになる。だから、普通のナイフでできることは、普通のナイフでやるように教えている」

言っていることは理解できる。

でも、せっかくミスリルナイフを作ったのに、使ってくれないのも寂しい気がする。

「それじゃ、今度はミスリルナイフを使うような魔物を持ってくるよ」

「おまえさんは、俺の娘に、いったいなにを解体させようというんだ？」

ゲンツさんが呆れるようにわたしを見る。

「だが、フィナ。今回はミスリルナイフを用意してくれ。フィナの力じゃ、解体できない部分もある。だが、ミスリルナイフを使えば、できるはずだ」

「はい」

「だが、他の職員が来たら、すぐにしまうんだぞ。ミスリルナイフなんて持っているなんて知られたら、妬まれるからな」

確かに、ミスリルナイフを持っていることを知られるのはよくないかもしれない。一応、ミスリルナイフは高級品なのだ。

盗まれる可能性もあるから、ゲンツさんが言っていることは正しい。

フィナはゲンツさんの言葉に頷く。

そして、ゲンツさんによる、スコルピオンの解体が始まる。

ちょうど、わたしのお腹も鳴る。2人はその音に反応することもなく、解体に集中している。

聞こえていないようでよかった。

「それじゃ、わたし帰るね」

「また、スコルピオンみたいに珍しい魔物を討伐したら、持ってきてくれ」

それなら、スコルピオンの親玉にサンドワームの親玉、さらにワイバーンもある。クマボックスから出して、ゲンツさんの驚く顔も見てみたいけど、騒ぎになっても困るので、自粛する。

ゲンツさんとフィナと別れたわたしは、朝食を食べにクマハウスに帰ることにする。

363 クマさん、水着を確認する

朝食を食べ終わると、欠伸が出た。今日は早く起きたこともあって、眠い。

今日の予定は特になにもない。クリモニアに戻ってきて最近は忙しかった。二度寝をしても、誰にも叱られることはない。

くまゆるとくまきゅうを連れて、自分の寝室に向かうと、黒クマの服のままベッドに倒れる。

「ちょっと寝るから、起こさないでね」

くまゆるとくまきゅうにお願いすると、子熊化したくまゆるとくまきゅうもベッドの上に乗ってわたしの隣で丸くなる。

どうやら、一緒に寝るらしい。

わたしはくまゆるを抱き寄せると、すぐに眠気がやってくる。


「……ちゃん」

なにか、体が揺れている感じがする。

「……おきて」

さらに体が揺れる。

「ユナ姉ちゃん、おきて」

「くまゆる？」

「ちがうよ～」

「くまきゅう？」

「ちがうよ～。シュリだよ」

シュリ？　わたしが目を開けると、わたしの上にシュリが馬乗りになっていた。

「やっと、おきた～」

わたしが体を起こすとシュリは、わたしの上から降りてくれる。

「どうして、シュリがここにいるの？」

「母さんの仕事の手伝いが終わったから、冒険者ギルドにお姉ちゃんに会いに行ったの。そしたら、お父さんとお姉ちゃんが、『すこるぴおん』って魔物を解体していたの。わたしも手伝うって言ったんだけど。わたしには『すこるぴおん』の解体は早いって、お父さんがやらせてくれなかったの。だから、ユナ姉ちゃんにお願いしようと思って来たら、寝ているから」

いや、シュリには、まだスコルピオンの解体は早いでしょう。

「わたしもシュリには早いと思うよ」

「ユナ姉ちゃんまでそんなこと言うの？。わたしできるもん」

シュリは小さな口を尖(とが)らせる。

「できるかもしれないけど。フィナだって今日初めて解体するんだよ。だから、シュリが10歳になったときでも、遅くないよ」

それ以前に解体なんて、10歳でも早い。わたしなんて、15歳で、冒険者なのに解体なんてできない。そう考えるとわたしより、シュリのほうが凄い。

「早く、大人になりたいな」

「そんなに慌てなくてもなれるから、大丈夫だよ」

わたしはシュリの頭の上に手を置く。

「でも、よく、家の中に入れたね」

「くまゆるちゃんが入れてくれたよ」

「くまゆるが？」

「くぅ～ん」

くまゆるが鳴く。

どうやら、シュリが来たことを知って、ドアを開けたらしい。器用なクマだ。

それ以前に勝手に人を上げちゃダメだよ。

まあ、シュリだから上げたんだと思うけど。

「それはそうと、今何時？」

「お昼が過ぎたぐらいだよ」

今、なんとおっしゃいましたか、シュリさん。

「お昼って聞こえたんだけど。聞き間違いだよね」

「お昼過ぎだよ」

聞き間違いじゃなかった。

どうやら、わたしは帰ってきてから昼過ぎまで寝てしまったみたいだ。

まあ、なにも予定はないから、大丈夫だけど、まさか、昼過ぎまで寝てしまうとは思わなかった。

「くまゆる、くまきゅう、なんで起こしてくれなかったの？」

くまゆるとくまきゅうを見るとベッドの上で遊んでいる。確かに起こさないでと頼んだけど、昼前ぐらいには起こしてくれてもいいじゃない。わたしは軽くくまゆるとくまきゅうを恨めしそうに見つめる。

そんなわたしの気持ちを知らないのか、くまゆるとくまきゅうは「「くぅ～ん」」と鳴く。

わたしはシュリを連れて1階に下りる。

「シュリ、汗をかいているね」

「うん、走ってきたから」

「アイスクリームはあげられないけど、かき氷だったら作ってあげようか？」

「ほんとう？　食べる！」

「でも、お腹を壊したら大変だから、1杯だけだからね」

わたしはお皿を用意して、氷を風魔法で削り、はちみつをかけて、椅子に座るシュリの前に置いてあげる。

「ありがとう」

わたしも椅子に座り、冷たいお茶を飲みながら、のんびりとする。

シュリとおしゃべりしながら時間を過ごしていると、外からわたしを呼ぶ声がする。

誰かな？

ドアを開けると、シェリーがいた。

「シェリー、いらっしゃい。どうしたの？」

「ユナお姉ちゃんが、帰ってきているって聞いて、作った水着を見てもらおうと思って」

ああ、こないだ孤児院へ行ったからね。

「それで、来てくれたんだ」

わたしは家に来てくれたシェリーに入ってもらう。

「シェリーちゃん？」

「シュリちゃん？」

お互いに顔を見合わせる。

「シュリも遊びに来てくれたんだよ」

「違うよ。お願いに来たんだよ」

そうだった。

「とりあえず、外は暑かったでしょう。冷たい飲み物を出すから、椅子に座って休んで」

「は、はい」

シェリーは椅子に座ると、テーブルの上にのっているものに目を向ける。

その視線の先にはシュリの食べかけのかき氷がある。

「シェリーもかき氷食べる？」

「かき氷、おいしいよ」

シュリが、かき氷を食べながら言う。

「いえ、そのわたしだけ」

どうやら、孤児院の他の子供たちに遠慮しているみたいだ。

「まあ、みんなには内緒ってことで」

わたしはかき氷を作って、シェリーに出してあげる。

「ありがとうございます」

シェリーはスプーンを手にして、かき氷を口に入れる。

「冷たくて、美味しいです」

それはよかった。

「それで、水着を見てほしいって、作り終わったの？」

「はい、全部作りました」

シェリーは笑顔で答える。

「みんなの水着を作るの、大変だったでしょう。ありがとうね」

「いえ、そんなに大変ではなかったです。普通の服と違って、装飾もありません。布を繋(つな)ぐだけですから」

「それだけでも十分に凄いよ」

それでも、人数分作るのは大変だったはずだ。服を作ったことがないわたしには、そのあたりの苦労は分からないけど、大変だったことぐらいは理解できる。

どうやら、わたしの水着も作ったらしいけど、水着を選んだ記憶がない。

わたしが描いたイラストの中から作ってくれたなら、基本的に大丈夫だと思うけど。スク水だけはやめてほしいところだ。

「それで、わたしは水着を見ればいいの？」

「はい。問題がないか見てください」

シェリーはかき氷を食べ終えると、アイテム袋から布袋を取り出す。

その布袋に手を入れると、中から水着を取り出す。

手に持っているのは黒と白の水着だ。それを、シェリーはテーブルの上に乗せる。

「孤児院のみんなが着る水着です」

テーブルの上に乗せられたのは……スク水？

しかも、胸のところに孤児院の子供の名前が書かれている。なぜ？　名前？

「ユナお姉ちゃんに、いろいろな水着を描いてもらったんですが、孤児院のみんなの水着はこれになりました」

「えっと、なんでって、聞いていい？」

「その、一人一人に聞けばよかったんですが。みんなが集まっている食事のときに、どんな水着がいいか、聞いてしまったんです。そしたら、食事中なのに、みんな水着選びに騒ぎだしちゃって。ユナお姉ちゃんが描いてくれた水着の紙は取り合いになって、大変なことになっちゃって。それで、院長先生が怒って。みんな別々の水着にすると、わたしが水着を作るのが大変だから、これにしなさいって、先生が決めちゃったんです。あと、この水着だったら、名前もつけられるから、誰のものか分かるってことで。それで、わたしもなにも言えなくなって」

でも、孤児院の子供たちの水着を統一するのは良いアイデアかもしれない。このスク水だったら胸のところに名前があるから、間違えることもない。

「ユナお姉ちゃんにいろいろな水着のイラストを描いてもらったのに、ごめんなさい」

「気にしないでいいよ。院長先生の気持ちも分かるから。でも、なんで黒と白？」

黒は分かる。わたしがイラストで黒く描いた。でも、なんで白？　わたしは白スクなんて描いていない。この世界に白スクなんて、あるとは思えない。

「くまゆるちゃん色とくまきゅうちゃん色です。せめて、そのぐらいは許してもらったんです」

シェリーの返答はなんということはない。くまゆるとくまきゅうを参考にしただけだった。黒は何も問題はない。元の世界でも紺色や黒っぽい水着だった。でも、白スクは微妙な感じがする。学校で白スクなんて、存在しなかったはずだ。

白スクを見ると、恥ずかしい変な気持ちになるのは、わたしの心が汚れているからかもしれない。

子供たちにとっては、普通にくまきゅう色ということになっている。

「それで男の子のほうは？」

最低限、女子の白スクは許すことにしよう。白の水着は普通に存在する。でも、男子の白パンは見たことも聞いたこともないから、やめてほしい。

シェリーは先ほど、水着を出した箱から別の水着を取り出す。そこには黒の短パンの水着しかなかった。

わたしはホッと胸を撫で下ろす。ここで、白い海水パンツが出てきたら、叩きつけたかもしれない。

「黒なんだね」

「はい。男の子はみんな黒を選びました」

本当によかった。白パンツでなくて。

あと男子のイラストを描いたとき、名前は右端につけたけど、同じようになっている。

「シェリー姉ちゃん。わたしのは？」

「シュリちゃんのもちゃんと持ってきてあるよ」

シェリーはアイテム袋から、違う布袋を出して、水着を取り出す。

「着てもいい？」

「着るの？　海に行ってからでいいんじゃない？」

「ダメなの？」

子供には、恥じらいとかはないんだろうか。

まあ、それにサイズを計っているとはいえ、試着も大切だ。

わたしが許可を出すと、シュリはここで服を脱ぎだそうとする。そんなシュリをわたしは慌てて止める。シュリは首を傾げている。女子同士だから、基本的に問題はない。普通のプールや海水浴だって、同じ部屋で着替える。でも、ちゃんとシュリには着替える場所を教えないと、将来が心配だ。

「シュリ、着替えるなら、あっちの部屋を使って」

　わたしは風呂場の脱衣所を指さす。

　シュリは素直にわたしの言葉に従って、水着を持って、脱衣所に向かう。なんだか、微妙に疲れた。わたしは、シュリの入った部屋のドアを眺めて待つ。どんな水着を持っていったか分からないから、気になるところだ。

「それと、これがユナお姉ちゃんの水着です」

　アイテム袋から、さらに布袋が出てくる。シェリーはその布袋から水着を取り出す。それも一つではない。2つ、3つとテーブルの上に並べていく。

　いろいろな水着がわたしの前に並べられた。

「えっと、全部、わたしの？」

「はい」

　シェリーは満面の笑みで頷く。

　悪意はないよね。

「ユナお姉ちゃんに、どんな水着がいいか聞くのを忘れて」

　わたし言っていないからね。

「でも、ユナお姉ちゃん、お仕事でお出かけしちゃったから」

　国王に呼ばれて、仕事を受けて、デゼルトの街まで行ったからね。

「だから、ユナお姉ちゃんに似合う水着をたくさん作りました」

「…………」

聞き間違いと思いたかった。

でも、目の前にはたくさんの水着が並んでいる。しかも、全部わたし用の水着だという。

「どれもユナお姉ちゃんに似合いそうだったので、たくさん作ってしまいました」

シェリーは屈託のない笑顔で答える。悪意がないだけに困る。本当にわたしのために作ってくれたんだろう。

「えっと、ありがとうね」

顔が引きつっているのが、自分でも分かる。でも、わたしの言葉にシェリーは嬉しそうにする。だけど、考え方を変えれば、ラッキーかもしれない。たくさんの水着の中から選ぶことができるってことになる。これが、もし、白スクとか、超ミニビキニだったりして、選択肢がなかったら、泣いていたかもしれない。

あらためてテーブルの上に並んでいる水着を見る。

黒を主体として、白が交ざったワンピースの水着だけど、フリルがついたものとか、セパレートもある。

ビキニがあり、上下の色が白と黒で分かれているものがあったり、右と左で黒と白に分かれているタイプもある。でも、ビキニって胸がないと辛い。魔法のパッドを入れれば大丈夫かな？

わたしの胸のサイズを知っている人は少ない。サイズを測ったシェリーは仕方ないとして、あとは一緒にお風呂に入ったフィナ、シュリ、ティルミナさんとノアぐらいだ。他はクマの着ぐるみのおかげで、わたしの胸囲は知られていないはずだ。巨乳だと思っている人もいるかもしれない。

見た感じ、わたしが描いたイラストの中から、わたしに似合いそうな水着を全部作ってくれたみたいだ。

ミニビキニはなかったけど、黒と白のスク水があった。危なかった。これがメインだったら、涙を流していたかもしれない。

本当に、他の水着があってよかった。

「でも、なんで、みんな黒と白なの？」

全ての水着が黒と白が主体となっている。他の色はいっさい使われていない。

「ユナお姉ちゃんは黒と白が好きだと思って。くまゆるちゃんとくまきゅうちゃんも黒と白だし」

そう言われたら、なにも言い返せない。まあ、ピンクとか派手な赤とかよりはいい。

でも、こんなに作るのは大変だったはずだ。

「もしかして、わたしが選ばなかったから、シェリーに迷惑をかけちゃった？」

「そんなことないです。ユナお姉ちゃんに似合いそうな水着を考えながら作るのは楽しかったです」

「でも、全部着ることはできないよ」

「はい。でも、この中のどれかにユナお姉ちゃんが気に入るものがあれば嬉しいです」

その表情は「がんばりました」と、褒めてほしそうな顔をしている。

「もしかして、全部、ダメでしたか?」

わたしが無言でいると、シェリーの笑顔が一瞬で不安そうになる。

「そんなことないよ。たくさんあって、みんなよくて、悩んでいるだけだよ」

わたしの言葉に不安そうな表情が消える。

危なかった。せっかくシェリーが作ってくれたんだ。実際に、どれも可愛い水着だ。問題は着る人物にあるのだ。

「すぐには選ぶことはできないから、あとで、ゆっくりと考えてもいいかな?」

「それでしたら、いくつか、着てくれると嬉しいです」

「そうだね。何着か、選ばせてもらおうかな」

これで、一つだけ選ぶことはできなくなった。

とりあえず、絶対に着ないと思う水着から、可愛い水着まで、全ての水着を布袋にしまうと、その布袋をクマボックスの中にしまう。

とりあえず、スク水は回避できそうなので、安堵する。

水着をクマボックスにしまうと、奥のドアが開き、シュリが出てくる。

シュリが着ていたのは、フリルがついた白いワンピースの水着だった。

「ユナ姉ちゃん。どう？」

「うん、似合っているよ。可愛いよ」

「本当？」

シュリは嬉しそうに、その場をくるっと回る。

………？

今、なにか見えたような。たぶん、気のせいだよね。

「えっと、シュリ。もう一回、ぐるっと、ゆっくりと回って」

わたしは確かめるためにシュリにお願いする。

「うん！」

シュリはゆっくりと、ぐるっとその場で回る。

「ストップ！」

わたしはシュリが後ろを向いた瞬間、叫ぶ。

「なに？」

ストップって言ったのに、シュリは動いてしまう。でも、見間違いじゃなかった。わたしは
シュリに近づくと、後ろに回り、背中を……お尻を見る。

「えっと、これはなに？」

シュリのお尻には、まん丸い白い物がついている。

「くまきゅうちゃんの尻尾だよ」

「なんで、そんなものが……」

「あっ、そうだ。シェリー姉ちゃん。帽子がなかったよ」

「あっ、ごめん。忘れてた」

シェリーは、布袋に手を入れると、何かを取り出し、シュリに渡す。

何を渡したのかな？

何かを受け取ったシュリは広げると、頭から被る。

「…………」

開いた口が塞がらないとはこういうことだ。本当に口を開いたままシュリを見てしまった。

シュリが被った帽子はクマの顔があるスイムキャップだった。

「ユナ姉ちゃんとおそろいだよ」

シュリがクマの尻尾とクマの顔があるスイムキャップをつける。まさしく白クマの格好だ。

「……シェリー。これは？」

「それは……」

シェリーは少し言いにくそうな表情しながら、アイテム袋から、わたしが描いた水着のイラストの紙を出す。

そして、その中から、一枚、わたしに差し出す。

それは、水着が描かれたイラストくしゃくしゃの紙。

わたしはこのイラストを見て、思い出す。

フィナたちが水着選びをしているときに、ノアからクマの水着はないのと尋ねられたとき、思いつきで描いてしまったものだ。

「丸めてゴミ箱に捨てた記憶があるんだけど」

「その、シュリちゃんが拾って、渡してくれました」

「シュリ!?」

「だって、可愛かったから」

確かに可愛いけど。クマの水着だよ。

「ユナお姉ちゃん、作っちゃダメでしたか？」

「ダメってわけじゃないけど、恥ずかしいでしょう」

「その、孤児院の小さい子も、クマの水着なんです」

シェリーはそう言うと、先ほど見せてくれたスク水の後ろを見せてくれる。

そこにはシュリのお尻にあるものと同じ、丸い尻尾があった。

なんでも、孤児院で水着はスク水になり、水着の色がくまゆる色とくまきゅう色に決まった。

そこで幼年組から「しっぽないの？」と聞かれたらしい。

「どうやら、お店のクマさんを想像したみたいなんです」

確かに、お店のクマの服には尻尾もクマのフードもある。

「それで、シュリちゃんが拾ってくれた紙を思い出して、尻尾と帽子を作ってあげたんです」

つまり、わたしが描いたクマの水着を元に作られたってことらしい。

あのときに、ノアの一言で、クマの水着を描いてしまった自分を殴りたい。

そうなると海に行くと、何人かの子供はシュリみたいな、くまさんの水着の格好をしていることになる。

なにか、いきなり海に行きたくなくなった。でも、みんなが楽しみにしているのに、中止にすることはできないし、水着を作り直させるわけにもいかない。

こんなことになるなら、国王の仕事を受けないで、クリモニアで監視するべきだったかもしれない。

でも、そうなるとカリーナの運命がどうなっていたか分からないし。この分岐点、鬼畜だよ。

そして、シュリも帰る頃にはスコルピオンのことは、すっかり忘れ、ご機嫌で帰っていった。

364 クマハウスにミサがやってくる

シェリーとシュリは帰っていった。

わたしはベッドに倒れる。

「疲れた～」

精神的に疲れた。白スクにも驚いたし、クマの尻尾にも驚いた。せめてもの救いはクマの水着を着るのは幼年組だってことぐらいだ。

本音を言えばやめてほしい。でも、嬉しそうにしているシュリの顔を見たら、そんなことを言うことはできない。わたしは、子熊化したくまゆるとくまきゅうを抱きしめて、精神的ダメージを回復させる。モフモフで柔らかい。

しばらく、くまゆるとくまきゅうを抱きしめることで、精神的ダメージが回復したわたしは、あらためてベッドの上にシェリーが作ってくれた水着を並べる。わたしはその中にあるスク水をゆっくりと端にどける。大人のわたしが着る水着ではない。わたしは残った水着を見る。ビキニやワンピースが並ぶ。

う～ん、どれがいいか分からない。

「くまゆる、くまきゅう。どれがいいと思う？」

ベッドの上にいるくまゆるとくまきゅうに尋ねる。でも、くまゆるとくまきゅうは水着を興味なさそうに見る。そして、「くぅ～ん」と鳴くと丸くなってしまう。

そんなにわたしの水着姿には興味がないと。まあ、あったらあったで困るけど。無関心も悲しいものがある。

つまり、くまゆるとくまきゅうは当てにならないから、自分で決めないといけない。

わたしは水着を見て黒と白のビキニを手に取る。そして、クマの着ぐるみを脱いでビキニの水着に着替えてみる。

なんだろう。このピッタリとサイズが合っている感は。わたしは滅多に使わない姿見の前に立つ。似合っている？　ある部分が気になるが無視することにする。ポーズをしてみるが、似合っているか分からない。

わたしは無言で次の水着を手にする。セパレート水着や、ワンピース水着を着たりするが、どの水着も脚が落ち着かない。パレオのような布を着けてみる。若干マシになる。今度は肩が寒い気がする。羽織るものが欲しい。大きなタオルを肩からかける。落ち着く。さらに大きなタオルで体を覆うと安心する。

もう、無理だ。引きこもりで、学校のプール以外で泳いだことがないわたしが水着を着て海に行くなんて、ハードルが高すぎるイベントだ。

とはいえ、今さら中止にするわけにもいかない。

やっぱり、ある部分がないから、ダメなのかもしれない。

くまゆるもくまきゅうも寝ているし。わたしは一人水着ファッションショーをやめ、クマの着ぐるみ姿に戻る。クマの着ぐるみを着た瞬間、安心する自分がいる。水着一つ選ぶことができずクマの着ぐるみを着て安心するなんて、もう、女として終わっているかもしれない。

わたしは無言で水着を布袋にしまうと、それをクマボックスにしまう。そして、くまゆるとくまきゅうの横に倒れる。海に行くまで、まだ時間はある。ゆっくりと考えればいい。

人生、嫌なことは後回しにするのも一つの方法だ。時が解決してくれることもある。

解決するかな？　したらいいな～。数日後の未来のわたしに託すことにする。


その日の夜。フィナとゲンツさんがスコルピオンの肉を持ってきてくれた。

うん、すっかり、忘れていたよ。今日は精神的ダメージを食らいすぎて、スコルピオンのことをすっかり忘れていた。とりあえず、お礼を言って受け取る。見た感じ、エビに近いのかな？

本日の夕食で、とりあえず茹でて食べてみたら、美味しかった。醤油をかけるとさらに美味しかった。


翌日、水着のことは忘れ（考えないことにしている）、家の中でだらけている。

ミリーラに行くのに必要なものって、ほかになにかあるかな？

基本、忘れたとしてもクマの転移門があるし、ミリーラの町で買ってもいい。ほとんどのことはティルミナさんがやってくれているので、わたしがすることはない。

アイスも作ったし、水着もある。食料はティルミナさんが手配している。移動手段のクマバスも作った。そういえば、ルリーナさんとギルはどうなったのかな。

ヘレンさんはルリーナさんたちが戻ってきたら、教えてくれると言っていたけど、未だに連絡がない。もしかすると、間に合わないかもしれない。そうなったら、子供たちの面倒を見る人が足りなくなる。

もう一度、冒険者ギルドに行って、確認してみようかな。

そんなことを考えながら、家にいると、わたしを呼びながらドアを叩く音がする。

「ユナさ〜〜〜〜ん。いますか〜〜〜〜〜」

声で誰が来たのか分かる。わたしが玄関のドアを開けると、予想どおりにノアが立っている。

でも、その後ろにいる人物は予想していなかった。

「ユナお姉様、お久しぶりです」

「ミサ、来たんだね」

ノアの後ろにはミサがいた。

「今回は、お招きいただきありがとうございます」

「そんな、丁寧な挨拶（あいさつ）はいらないよ。楽しんでくれればそれでいいから」

わたしにそんな丁寧な挨拶はいらないので、ミサの挨拶を遮（さえぎ）る。

「はい、楽しみます」

ミサは笑顔で返事をする。

そして、ミサは上を見上げる。

「それにしても、ノアお姉様とフィナちゃんからお話は聞いていましたが、本当にクマさんの家に住んでいるんですね」

ミサはクマハウスを見ながら、しみじみと言う。

「とっても可愛らしいお家です。その、ユナお姉様、中に入ってもいいですか？」

ミサが目を輝かせながら、近寄ってくる。顔が中に入りたいと言っている。

「別にいいけど。中は普通だよ」

「構いません」

嬉しそうにするミサたちが、クマハウスの中に入る。部屋の中に入るとソファの上で丸くなっていたくまゆるとくまきゅうが顔を上げる。

「くまゆるちゃんとくまきゅうちゃんです」

ミサはソファに座っていたくまゆるとくまきゅうを抱きしめる。

「うわぁ、やっぱり、可愛いです。くまゆるちゃん、くまきゅうちゃん、元気にしていましたか？」

「「くぅ～ん」」

「いつも会えるノアお姉様が羨ましいです」

「いつも会えるわけではないですよ。時間があるときだけです」

「それでも、羨ましいです」

ノアは勉強の合間や、時間があるときに、たまに会いに来る。そして、ララさんが迎えに来るパターンが多い。

「とりあえず、外は暑かったでしょう。冷たいお茶でも出すから、適当に座って、待ってて」

ノアはくまゆるを抱いて、ミサはくまきゅうを抱いて、ソファに座る。

わたしは茶菓子を用意して、テーブルの上に置く。

「ありがとうございます」

「本当に部屋の中は普通ですね」

クマハウスの中は普通の家とそれほど変わらない。

ちょっとしたクマの置物や家具があったり、召喚獣のクマがいたり、自分の部屋にクマのぬいぐるみが飾ってあったり、風呂場がクマだったりするぐらいだ。この部屋にクマがないだけともいう。

部屋を眺めていたミサが、ある場所で止まる。

「この絵は」

ミサは立ち上がり、壁にかけてある絵に近づく。

「それは、学園祭で描いてもらった絵だね」

「ユナお姉さまに、ノアお姉さま、フィナちゃん、シュリちゃん、それから、ティリア様？」

「学園祭1日目のときに、ティリアに服を買ってもらって、そのときに描いてもらったんだよ」

わたし以外、みんな服を買ってもらい、可愛らしい服装をしている。わたしだけが、いつものクマの格好だ。しかも、恥ずかしそうにしている。

「うぅ、わたしも1日目に、一緒に回ればよかったです」

ミサと一緒に学園祭を回ったのは2日目だけだ。

「それでは、来年は一緒に行って、今度はミサも一緒に描いてもらいましょう」

羨ましそうにするミサに、ノアが提案する。

「本当ですか？」

「本当です。ユナさんもいいですよね？」

来年か。1年もたてば、わたしのことは忘れられているかな？

学園祭のときに、シアを守るために騎士と試合をして、目立ってしまった。一応、変装（学生服）をしていたから、バレていないはずだけど。

ただ、来年も変装（学生服）だと気づかれる可能性がある。

「ユナお姉さま。ダメですか？」

わたしが無言で考えていたら、ミサが尋ねてくる。

「そんなことはないよ。来年は一緒に行って、描いてもらおうね」

「はい」

来年だ。来年のことは、来年に考えればいい。来年のわたしに委ねる。

なにか、同じようなことを、昨日も思ったような気がするけど、気にしないことにする。

「それにしても、ユナお姉さまは暑くないのですか？」

ミサが冷たいお茶を飲みながら、尋ねる。

「特殊な布でできているから、暑くないよ」

「そうなんですね。そんな特殊な布があるなら、わたしも欲しいです」

「ちょっと、手に入らないかな」

なんたって、神様からもらったものだから、普通に手に入るような代物ではない。

神様も夏用のクマ服とか用意してくれればいいのに。そもそも、チート能力をクマ装備に付けているのが間違っている。そこは百歩譲って、クマ形のペンダントとか、クマ形の指輪とか、クマ形のアクセサリーにしてくれればいいのに。

「でも、急なことだったのに、よく両親は許してくれたね」

「はい。ユナお姉さまが一緒なら、安心ってことで許してくれました」

信用してくれるのは嬉しいけど。責任が増すね。

「それと、お爺様がクリモニアまで一緒に来てくれたので、そのおかげもあります」

「グランさん、来ているの？」

「はい。なので、お爺様にも感謝です」

やっぱり、グランさんが一緒についてきたんだね。領主の仕事をミサの父親に託したグランさんは暇だから、ついてくると思っていた。

グランさんが来ているなら、挨拶に行ったほうがいいかな？　一応、孫娘を預かるんだし。

「もしかして、護衛にはマリナたち？」

「はい、今回も護衛をお願いしました」

「それじゃ、グランさんやマリナたちも一緒に海に行くの？」

「いえ、お爺様はお仕事があるので、クリモニアに残るそうです。なので、マリナとエルはわたしの護衛、マスリカとイティアはお爺様の側に残ります。さらに2人増えてしまいますが、大丈夫ですか？」

「全然平気だよ」

マリナとエルは一緒に来るのか。そうなると、2人の水着も用意しないといけないね。流石に、炎天下の中、いつもの格好でいさせるわけにはいかない。

「でも、孤児院の子供たちやフィナちゃんたちと一緒に行くんですよね。わたしが一緒に行ってもよろしいんですか？」

「ノアはもちろん。フィナやシュリも喜ぶからね。孤児院の子供たちも気にしないよ。ただ、ノアみたいに我がままを言ったらダメだよ」

「ユナさん、酷いです。わたし、我がままなんて、言いません」

「ふふ、冗談だよ。ノアもミサも我がままを言ったりしないと思うけど、貴族であることを振りかざしたりしたら、帰ってもらうからね」

今回はどちらかといえば、ノアたちのほうがおまけだ。そんなノアたちが我がままを言って、孤児院の子供たちを不愉快にさせることがあれば、心を鬼にして帰ってもらうつもりだ。

「しません」

「はい、しないと約束します」

ノアとミサは約束してくれる。

「なら、問題はないよ。一緒に楽しもうね」

「はい！」

ミサは元気に返事をする。

「でも、その前に、海に行くから水着を作らないといけないね」

「はい。そのことをユナさんにお願いしようと思って来たんです。今から作って間に合うでしようか？」

「もうほかの全員分作り終わっているから、今からでも、間に合うと思うよ」

あれこれ、細かい注文を言わなければ大丈夫だと思う。

ノアとミサをシェリーが働いているお店に連れていくと、流石にナールさんとテモカさんに迷惑がかかる。

そうなると、前回と同様にわたしの家で、水着選びと、体のサイズを測ったほうがいいかな。

365 クマさん、ミサを連れて「くまさんの憩いの店」に行く

「それで、ユナお姉様にお聞きしたいのですが、フィナちゃんとシュリちゃんにはお家に行けば会えますか？」

基本的にシュリは、ティルミナさんかフィナと一緒にいることが多い。

ティルミナさんは孤児院で仕事をしたり、お店を回ったりしている。

フィナは孤児院でお手伝いをしたり、家の仕事をしたり、ティルミナさんに頼まれて、お店に顔を出したりもしている。

さらに、わたしの家で解体をしたりすることもある。

もしかすると、昨日のスコルピオンの解体が終わっていなければ、今日も冒険者ギルドにいる可能性もある。

本当にフィナはいろいろと動き回って仕事をしている。わたしが10歳のときと比べると恥ずかしくなってくるほどだ。

でも、そんな動き回るフィナをわたしは見つけることができる。

わたしはちょっと席を外し、２階の自分の部屋に移動する。そして、一人になったのを確認するとクマフォンを取り出し、魔力を込める。

フィナにつながれ〜フィナにつながれ〜と、わたしはクマフォンに念を送る。しばらく待っていると、クマフォンからフィナの声が聞こえてきた。

『ユナお姉ちゃん？』

「フィナ。今、どこにいるの？」

『孤児院です。それが……』

これでフィナの居場所が判明する。クマフォンは便利だ。本当はＧＰＳ機能があれば、そんなこともせずに居場所が分かるけど。流石（さすが）にそんな機能はついていない。もし、あったとしても、あまり使いたくはない。人として、相手の行動を監視するような真似はやってはいけない気がする。だから、クマフォンで尋ねるぐらいがちょうどいい。

「スコルピオンの解体は終わったの？」

『はい。ギルドの皆さんが、凄くやる気になって、昨日で終わりました』

流石ギルド職員たちだ。過去にもブラックバイパーを１日で解体したことはある。

「フィナ、これから時間はある？　ミサが来ていて、フィナとシュリに会いたいみたいなんだけど」

『ミサ様が来たんですか？　えっと、はい。大丈夫です。もう少ししたら、仕事も終わります』

「お昼ごはんもまだだよね」

『はい』

「それじゃ、『くまさんの憩い店』で一緒に食べよう」

『分かりました。それじゃ、シュリを連れて一緒に行きますね』

わたしはクマフォンをしまうと、皆がいる1階に戻る。そして、フィナとは「くまさんの憩いの店」でお昼の約束をしていたと嘘を吐く。

嘘も方便だ。クマフォンのことは内緒だからね。

「ユナお姉さまのお店ですね。クマさんの置物がたくさん並んでいるんですよね」

調子に乗って、クマの置物をたくさん作ったのは懐かしい思い出だ。

「それから、わたしの誕生日パーティーのときにやりました、くまゆるちゃんとくまきゅうちゃんは怖くないイベントで着たクマさんの格好をしているんですよね」

ミサがお店の話で盛り上がり始める。

「楽しみです」

それはクマのお店に行くこと？　フィナに会えること？

そんな疑問はさておき、わたしたちはフィナに会いに行くため、「くまさんの憩いの店」に向かうことにする。

2人ともくまゆるとくまきゅうを抱いたままクマハウスを出ようとするので、わたしは慌てて止める。

「2人とも、くまゆるとくまきゅうは連れていかないの！」

「え〜」

「ダメなんですか？」

くまゆるとくまきゅうを昼間に連れ回すと、街の子供たちも集まってきて、大変なことになってしまう。わたしがくまゆるとくまきゅうを送還すると、2人は悲しい顔をするが、こればかりは仕方ない。

「ほら、行くよ。フィナとシュリが待っているよ」

「はい」

「わかりました」

わたしたちはフィナとシュリに会いに「くまさんの憩いの店」にやってくる。お店に近づくと、パンを抱えた大きなクマの石像が見えてくる。相変わらず、大きくて目立つクマだ。

「くまさんです」

ミサがパンを持つクマを見て嬉しそうにする。

そのクマの石像の前にはフィナとシュリの姿が見える。石像の前で待っている姿を見ると、どこかの犬の像のような待ち合わせ場所になった感覚になる。

ミサは2人を見つけると小走りになる。フィナとシュリもわたしたちに気づくと、走ってくる。

「フィナちゃん、久しぶり」

ミサはフィナの手を握る。

「はい。ミサ様、お久しぶりです」

「シュリちゃんも久しぶり」

「うん、ミサ姉ちゃん」

3人が再会を喜んでいると、そこにノアも乱入する。嬉しそうにする4人を見ると、わたしも嬉しくなってくる。ミサも誘ってよかった。

でも、いつまでも外で騒いでいるわけにもいかないので、喜んでいる4人を連れてお店の中に入る。

「お店の中もくまさんがいっぱいです」

ミサはお店の中に入ると、満面の笑みを浮かべる。壁や柱、テーブルにはいろいろなポーズをしたデフォルメされたクマが飾られている。壁をよじ登るクマ。柱にしがみつくクマ。テーブルの上には走るクマ、親子グマ、ハチミツを舐めるクマ、戦うクマ、寝るクマ、魚を咥（くわ）えるクマといろいろなクマがいる。

ミサは遊園地に来た子供のようにキョロキョロと店内を見る。そして、ミサの視線はちびっこ店員でとまる。

「本当にくまさんの格好をしています。しかも、わたしより小さい子も働いています」

それを言われると辛いものがあるけど、みんな、自分から申し出てくれた子たちだ。決して無理やり働かせているわけじゃない。これも、生活していくために必要なことだ。

「でも、とっても可愛らしい格好です。本当にこのお店はくまさんがたくさんいるんですね」

ミサは興奮が収まらずに、キョロキョロとする。

「通路で立ち止まっていると、他の人の迷惑になるから、パンを買って、席に着こう」

「はい」

「ミサ、こちらですよ」

ノアはミサの手を引くと、パンを売っているカウンターに連れていく。その後を、わたしと、フィナ、シュリが追う。

「ユナちゃん、いらっしゃい」

パンを販売しているカウンターにいたカリンさんが声をかけてくる。

ミサはカリンさんを見て、「くまさんの格好をしてません」と小声で呟く。それはわたしにも聞こえ、カリンさんにも聞こえたようで苦笑いをしている。

「今日は初めて見る子がいますね」

カリンさんはミサを見る。

「わたしはミサーナといいます。今回はユナお姉さまとノアお姉さまに誘われて、ミリーラの町に一緒に行くことになりました。よろしくお願いします」

「……ユナお姉さま？　ユナさん、この子は？」

カリンさんが小声でわたしに尋ねてくる。何かを感じ取ったみたいだ。

「ノアの関係者って言えば分かるかな？」

わたしのその言葉だけで、カリンさんは理解したようで、顔を強張らせる。

「気にしないでください。フィナちゃんとシュリちゃんと同様に接してくれて構いませんので」

そんなことを言われても、といった感じで困るカリンさん。

「ちなみに、ノアお姉さまのことは、なんてお呼びになられているのですか？」

「……ノアールちゃんって、呼ばせてもらっています」

「それではわたしのこともミサーナとお呼びください」

「えっと、それじゃ、ミサーナちゃんって呼ばせてもらうね」

「はい」

「それじゃ、ミサーナちゃん。どのパンにする？」

「どれも、美味しそうで悩みます」

ミサはいろいろと並ぶパンを見る。

「ミサ姉ちゃん。こっちにくまさんのパンがあるよ」

シュリがミサに教えてあげる。

「本当に、くまさんのパンがあります！」

ミサは目を大きくして、クマパンを見る。

まん丸と可愛らしいクマの顔をしたパンだ。

「わたしがミサに教えてあげようと思ったのに」

ノアがシュリに先を越されて、残念そうにする。

「どれも、可愛いです」

「とっても、おいしいよ」

「他のパンも美味しいですが、クマパンがおススメです」

シュリとノアがクマパンを勧めている。

「お店で人気があるパンですよ。それも、さっき焼きあがったばかりだから、とっても美味しいですよ」

「わたし、このくまさんのパンにします」

ミサは他のパンには目もくれず、クマパンに決める。

カリンさんはお皿の上にパンをのせる。

「みんなはどうするの？」

「もちろん、クマパンです」

「わたしも」

「みんなが、くまさんのパンなら、わたしも」

「わたしも～」

ミサがクマのパンにするとノア、シュリと続き、最後はフィナまでクマパンを選ぶ。

クマパンはこのお店で働くミルとわたしが作ったパンだ。

初めはミルが孤児院の小さい子供に頼まれたのがきっかけで作ることになった。でも、ミルはクマパンを作ることができずに困っていた。それを見たわたしは孤児院の子供のためならと思って、作るのを手伝ってあげた。

これを失敗とは思わないけど。その数日後にはクマパンがお店に並んでいた悲しい記憶がある。

なんでこんなことになったかミルに尋ねたら、カリンさんが「お店に出そう」と言ったらしい。それで話はモリンさんとティルミナさんへと伝わって、お店でクマパンを販売することになったそうだ。なんで、わたしに相談がなかったの？　そのことに悪意を感じるのは気のせいだろうか。

でも、今ではクマパンは、このお店の人気のパンの一つになっている。

わたしは小さな抵抗で、一人で他のパンを注文する。それに対して、カリンさんは笑っていた。

それから、みんなで分けて食べられるフライドポテトやポテトチップスを注文する。

「はい。これでちょうどかな」

わたしはカリンさんにお金を渡す。

「ありがとうございます」

カリンさんの表情は店員に戻り、お礼を言ってお金を受け取る。

「ユナお姉さまのお店なのに、お金を払うんですね」

「今日はあくまでお客さんとして来ているからね」

わたしのことを知らない人が見て、お金を払わない人と思われても困る。

わたしたちはそれぞれのパンがのったお皿を持って、空いている席に座る。

「くまさんが寝ています」

ミサはテーブルに飾られている、デフォルメされた寝ているクマを楽しげに触る。そして、握って取ろうとする。

「うぅ、取れないです」

「そんなに引っ張っても取れないよ」

「みんな、一度はやりますね」

「うん、わたしもやったよ」

ミサの行動にノアとシュリが自分もやったと笑うが、フィナだけが違うみたいだ。全員がフィナを見る。

「わたしはやってませんよ」

「フィナが裏切りました」

笑いが起きる。

まあ、ノアの言葉じゃないけど、初めてお店に来た人はみんなクマを取ろうとする。でも、店内にあるクマはどれも取れないようになっているので、取ることはできない。なので、自然と諦めることになる。もし、取れるようになっていたら、初日から、クマの置物はなくなっていたと思う。

「それよりも、早く食べよう」

せっかくの焼きたてだ。温かいうちに食べたほうが美味しい。

わたしの言葉にフィナとノアはクマパンの耳を千切って、食べ始める。シュリはそのままクマパンをパクッとかじる。ミサだけは手に持ったまま、食べようとしないで、みんなが食べる様子を見ている。

「食べないの？」

「なにかもったいなくて」

「ミサの気持ちも分かります。わたしも初めてクマパンを食べたとき、可哀想な気分になりました」

「ノアお姉さまもですか？」

「でも、何度も食べていたら、普通に食べられるようになりました」

慣れは怖いものだ。

「そういえば、シュリもくまさんの耳を千切ったとき、泣きそうな顔をしてたよね」

「してないよ～」

シュリは頬を膨らませると、パクッとクマパンの顔の部分を美味しそうに食べる。

いや、していたよ。

「とりあえず、ミサも食べて。クマの顔はしているけど、美味しいパンだよ」

「はい」

ミサはクマパンの耳を千切ると口に入れる。

「美味しいです」

一口食べると、他の部分も食べ始める。

ちなみに、わたしの顔が食べられているとは思っていないよ。別にわたしの顔はクマじゃないからね。

366　クマさん、新たに水着をお願いする

クマパンを食べたあと、わたしはみんなと別れ、シェリーが働くお店に向かう。

お店の中に入ると、ナールさんとシェリーが片づけをしているところだった。

「いらっしゃいませ？　ユナお姉ちゃん？」

お店に入ってきたわたしをお客さんと思ったシェリーが声をかけてくる。

「片付け中にごめんね」

「いえ、大丈夫です」

「ナールさん、少しシェリーを借りていいですか？」

「今は暇だから、いいわよ」

「もしかして、昨日の水着がダメだったんですか？」

シェリーが残念そうな表情をしながら、尋ねてくる。

「違うよ。どれも、よかったよ。今日はシェリーにお願いがあって、来たの」

「お願いですか？」

「ミリーラの町へ行く人が増えたから、その人の分も水着を作ってほしくて。それで、明日、家に来てほしいんだけど、大丈夫？」

「えっと」

シェリーがナールさんのほうを確認するかのように見る。ナールさんはニッコリと微笑(ほほえ)むと。

「ええ、いいわよ」

「ありがとうございます」

ナールさんが優しい人で本当によかった。


無事にシェリーと約束できたのでクマハウスに向かって歩いていると、「ユナさん」と、いきなり声をかけられ、抱きつかれる。

「なに!?」

抱きついている人物を確認すると、シアだった。

「シア？　どうして、シアが？」

わたしの目の前にはシアがいる。さらにその横にはルリーナさんの姿もある。

状況がつかめない。どうして、2人がここにいるの？

そもそも、なんでわたしの後ろにいるの？

「えっと、なんでシアがクリモニアにいるの？　それにルリーナさんまで。それ以前にどうしてわたしの後ろにいるの？」

とりあえず、疑問に思っていることを並べてみる。

「後ろにいた理由は、ユナさんが歩いているのを見つけたからです」

「それじゃ、なんでクリモニアにいるの？」

「王都からやってきたからです」

「なんで、王都からやってきたの？」

「ユナさんとミリーラの町へ行くためです」

「……………」

わたしの質問にシアは淡々と答える。でも、シアが一緒にミリーラの町へ行く話はクリフからも聞いていない。

「わたし約束したっけ？」

「してませんよ」

していないよね。そんな記憶はない。

この前、水の魔石を届ける報告をしたあと、エレローラさんに連れていかれた。そのときにノアと海に行くようなことを話した記憶はある。でも、羨ましがったシアの記憶はあるけど、一緒に行く話はしてない。

「学生でしょう？　学園は？」

「長期の休みに入ったんです。だから、こんなぎりぎりになって。それで、馬車じゃ間に合わないと思って馬に乗って急いでやってきたんですよ。でも、ユナさんがいるってことは間に合ったみたいですね」

　確かに間に合ったけど。

「こないだ会ったときは何も言っていなかったよね」

「ユナさんが帰ったあと、入れ違いにノアから手紙が届いたんです。そこに、楽しそうにミリーラの町へ海を見にいくことが書いてあったんです。それで、学園の長期休暇に合わせて、クリモニアに帰ってきたんです」

「もしかして、エレローラさんも？」

　わたしはキョロキョロと周囲を確認する。

「お母様は仕事で、帰ってこられませんでした」

　いないのか。ちょっと安堵する。

　エレローラさんがいたら、大変なことになっていたかもしれない。

　まあ、シアがここにいる理由は分かった。

「それで、シアとルリーナさんが、どうして一緒にいるの？」

「それは、たまたまわたしたちが王都にいて、シアちゃんの護衛の依頼を受けたからよ」

　わたしの質問にルリーナさん本人が答える。

　ルリーナさんの話によると、ルリーナさんとギルの2人は仕事で王都に行っていたらしい。

　それで、仕事を終えたルリーナさんとギルはクリモニアに行く仕事を探していたら、依頼を頼

郵 便 は が き

お手数ですが
切手を
お貼りください

104-0031

東京都中央区京橋通郵便局留
主婦と生活社PASH!編集部

係行

ご愛読、まことにありがとうございます。
今後の企画の参考にさせていただきますので
ご意見やご感想をお聞かせください。

郵便番号・電話番号 〒□□□-□□□□ ☎ - -

ふりがな

ご住所

ふりがな

氏名 年齢 歳

職業 性別 男性 女性

質問 **1** この本のことはどこで知りましたか？ ※複数回答可

1. 雑誌PASH!で　2. PASH!のブログやツイッターで
3.「小説家になろう」著者のページで　4. 店頭で　5. SNSで
6.その他（　　　　　　　　　　　　　　　　　　）

質問 **2** この本を購入した理由についてお聞かせください。

1. もともと作品のファンだったから　2. 表紙がよかった
3. タイトルがよかった　4. イラストがよかった
5. その他（　　　　　　　　　　　　　　　　　　）

質問 **3** お読みになってのご意見やご感想、くまなの先生、029先生に伝えたいことをご自由にお書きください。

先生に感想をお渡ししてもいいですか？（　はい　・　いいえ　）

コメントを匿名で、宣伝用広告・ポップなどに使用してもいいですか？
（　はい　・　いいえ　）

ありがとうございました！

編集部にお送りいただいた個人情報は、編集企画の参考にのみ使用し、ほかの目的には使用いたしません。
詳しくは当社のプライバシーポリシー（http://www.shufu.co.jp/privacy）をご覧ください。

みに来たシアに会ったとのことだ。

それでルリーナさんはシアの依頼を受けてクリモニアまで護衛してきたという。

でも、ルリーナさんとギルは王都に行っていたんだ。どうりで、なかなか戻ってこないわけだ。

「それで、ルリーナさんと話してみると、ユナさんと知り合いだっていうから、驚きました」

「クリモニアの冒険者でユナちゃんと仲良くしている人は少ないからね」

そ、そんなことない、はず？

わたしだって、仲が良い冒険者ぐらい、たくさんいる……はず。

ジェイドさんたちは王都中心の冒険者。ブリッツは決まった拠点を持たずに放浪する冒険者。マリナたちはシーリンの街の冒険者。地元の冒険者で仲良くしているのはルリーナさんとギルぐらいだ。

あとは新人冒険者の４人組が追加されるぐらいになる。

あらためて考えると、クリモニアでは基本的に一緒にパーティーを組んだり、依頼をこなしていないから、親しい冒険者がいない。

ルリーナさんとは、一緒に依頼を受けたこともあるし、お店の護衛を頼んだこともある。冒険者の中では親しいほうだと思う。

「クリモニアに来るまでに、ルリーナさんからユナさんのお話をいろいろと聞けて楽しかったですよ」

なに、そのわたしの話って、個人情報を話すのはよくないことだよ。でも、ルリーナさんがわたしについて知っていることならクリフも知っている気がするんだけど。そうなると、エレローラさんも知っていることになる。

「ユナさん、ルリーナさんの元仲間をボコボコに殴ったそうですね」

元仲間。

ああ、そんなこともあったね。懐かしい思い出だ。

「それから、冒険者ギルドの話も楽しかったです」

もしかして、ブラッディベアのことかな？　なにか、わたしが知らないことも話されている気がする。

あとでなにを話したかルリーナさんを問い詰めないといけない。

でも、今は別のことをお願いしないといけないので、後にする。

「でも、間に合ってよかったね」

「はい、これもルリーナさんとギルさんのおかげです。ありがとうございました」

「でも、海か、いいわね。わたしも行こうかしら、しばらく仕事も休みにするつもりだし」

「だったら、一緒に行かない？」

「あら、一緒に行っていいの？」

「今回の旅行にルリーナさんとギルも誘うつもりで、2人がクリモニアに戻ってきたら、冒険者ギルドから伝えてもらうことになっていたんですよ。なのに、全然戻ってこないし」

「ごめんね」

　別に謝ることじゃないけど。一言、言いたくなる。

「でも、ユナちゃんの関係者が行く旅行なんでしょう？」

「孤児院の子供やお店で働いている人たちですよ。ルリーナさんとギルの2人なら、子供たちもお店で働いている人も知っているし、問題はないよ」

　2人は「くまさんの憩いの店」の開店日には店を守ってくれた。子供たちからの信用も厚い。

「それに子供たちも2人が来れば、喜びますよ」

「ふふ、そうね。わたしはともかく、ギルは男の子たちに人気があるよね。無口だけど、なんだかんだで、面倒見がいいからね」

　ギルはいつも、嫌がる様子もなく無表情で子供たちと遊んでいる。

　たまに頼んでもいないのに、孤児院に来ていることもある。

「それで、ギルは一緒じゃないんですか？」

「実は、さっきまで一緒だったの。途中で、ユナちゃんを見かけて、後を追いかける話になったら、ギルが『殴られたくないから、俺は遠慮する』って言って、別れちゃったのよ」

　殴らないよ。人をなんだと思っているかな。

でも、大きな体のギルがわたしの後をつけていたら、気づいていたかもしれない。

「だから、ルリーナさんとギルも一緒に行かない？　依頼料は出せないけど、泊まる場所と食事は出すよ」

「泊まる場所って、あのでかいクマの家ね」

「知っているの？」

「ミリーラに行けば目立つから、誰でも知っているわよ。うん、いいわよ。付き合うよ。ギルにはわたしから言っておくわ」

無事に護衛を確保。

「でも、タイミングがよかったよ。明日、新しく行くことになった子の水着を作るので、シアもルリーナさんも家に来て」

「水着は持っているけど、新しい水着は気になるわね」

「持っているの？」

「去年ユーファリアに行ったときに買ったのよ。たぶん、体形も変わっていないはずだし」

ルリーナさんは自分の体を軽く触る。大人らしい体つきをしている。わたしも、ルリーナさんぐらいの年齢になればそういうスタイルになれるはずだから、慌てる必要はない。

あと、水着も気になったけど、聞きなれない地名が出てきた。

「なんですか、そのユーファリアって」

「ユナちゃん、知らないの？」

はい、異世界から来ましたから、知らないよ。

「ユーファリアは水の都とも呼ばれている。大きな湖がある街よ」

「とっても、美しい街なんですよ。お金持ちや貴族が暑い季節などに行ったりします」

ルリーナさんたちの話をまとめると、湖を中心に街がつくられたみたいだ。

「たまたま、去年仕事で行くことになってね。そのときに水着を買ったのよ」

そんな街があるんだ。一度は行ってみたいね。

でも、ルリーナさんは、新しい水着が欲しいってことで、明日、家に来ることになった。

367 クマさん、ミサとシアの水着選びをする

クマハウスの中は、混雑状態になっている。

ミサをはじめ、一緒についてきたノア。それにミサの護衛でミリーラの町に行くことになっているマリナとエル。それから、王都からシアがやってきて、ルリーナさんもいる。そして、みんなの水着を作ることになるシェリー。久しぶりにクマハウスに人が集まった。

ちなみに、ギルはユーファリアの街で買った水着を持っているから、新しい水着はいらないらしい。

「どうして、こんなことに」

「ほら、マリナ。これも護衛の一環だと思って」

「護衛なら、水着は必要はないでしょう」

「ユナちゃんにも言われたでしょう。子供たちが遊ぶ海辺で、こんな格好をしたわたしたちがいたら、子供たちも落ち着かないでしょう」

「そうだけど」

「それにミサーナ様に言われたんだから、諦めなさい」

「分かったわよ。着ればいいのでしょう」

マリナとエルの水着も作るから、ミサに来るように頼んでおいた。

どうやらマリナはわたし同様に水着を着るのは嫌らしい。

「ふふ、お互いに冒険者は苦労するわね」

ルリーナさんがマリナとエルのやり取りを見て、話しかける。

「あなたは、確か」

「わたしはルリーナ。一応、冒険者で、ユナちゃんの知り合いかな？　それで今回、子供たちの護衛をする代わりに連れていってもらうことになったの」

一応、ルリーナさんたちに来てほしい理由は伝えてある。

「ああ、わたしはマリナ。こっちはエル」

「よろしく」

冒険者同士、交流を深めることはいいことだ。


ノアとミサ、シアのほうを見ると、3人はわたしが紙に描いた水着の絵を見て、作ってもらう水着選びをしている。

「どれも、可愛いわね」

「お姉さまは、学園で使っている水着があるのでしょう。必要ないのでは？」

「学園のはシンプルで、こんなに可愛くないからね。みんなシェリーちゃんに作ってもらったんでしょう。それなら、わたしも作ってほしいよ」

「ミサはどれにしますか。わたしはこれにしましたが」

「フィナちゃんは、どれにしたのですか？」

「それも、可愛いですね。悩みます」

ノアたちは楽しそうだ。そんな中、一人だけ、オロオロしている人物がいる。シェリーだ。

水着を作ることになったミサとシアが貴族だと知ると、緊張し始めたのだ。

「ノアは大丈夫なんでしょう」

「ノアール様とは、何度か話してますから」

とりあえず、サイズを測らないことには話は進まないので、一人ずつ体のサイズを測ってもらうことにする。

「ミサ、そっちの部屋で、シェリーに体のサイズを測ってもらって」

「はい、分かりました。シェリーちゃん、よろしくお願いします」

「あ、はい。こちこそ、よろしくお願いします」

ミサが貴族と知ったシェリーは緊張している。

「大丈夫だよ。ミサは優しい女の子だから」

「ユナお姉ちゃん、一緒に来てもらっていいですか」

シェリーはミサを見た後、マリナやルリーナさんを見る。

貴族に冒険者、一人でやるのは不安なんだろう。だから、了承する。

わたしはミサとシェリーを連れて、隣の部屋に移動する。部屋といっても、風呂場の脱衣所だ。服を入れる籠もあるので、採寸場所には適している。

「それじゃ、ミサーナ様、服を脱いで体のサイズを測らせていただいてもいいですか？」

「自分の家でない場所で服を脱ぐのは、少し恥ずかしいですね」

「ほら、次はマリナたちのサイズも測るんだから」

「はい」

ミサは恥ずかしそうにするが、服を脱ぎ、籠の中に服を入れる。そして、下着姿になる。

「それでは、測らせていただきますね」

シェリーはロールメジャーを取り出すと、前にわたしの体のサイズを測ったのと同じように、ミサの体のサイズを測る。

ミサは先日10歳になったとはいえ、フィナやノアに比べると、小柄な体型をしている。でも、成長期だから、ミサも大きくなっていくはずだ。

「はい。終わりました」

「ありがとうございます」

ミサはお礼を言って、服を着る。

「部屋を出たら、シアを呼んできて」

「分かりました」

ミサは部屋を出ると、入れ違いにシアが入ってくる。

「脱衣所でごめんね」

「大丈夫ですよ。それじゃ、服を脱げばいいんですね」

シアは服を脱いでいく。同じ年齢とは思えない。胸がある。お腹も引き締まっている。わたしはクマさんパペットを外して、シアのお腹と二の腕を触る。

「ユナさん、なにをするんですか!?」

「いや、羨ましい体型をしているなと思って」

わたしの体は、なんというか、柔らかい。

「一応、お母様に言われて、食事には気を使っているし、学園では体を動かしていますから」

「エレローラさんは美人だし、将来は安心だね」

羨ましい限りだ。

それから、シアの体のサイズも無事に測り終える。

シアの次にマリナ、エルのサイズを測ることになる。マリナは普通のサイズだったが、エルは大きかった。人とは思えないサイズだった。あれは、無い者に分け与えるべきだと思う。

吸い取るスキルが欲しいと思ったほどだ。

「ユナちゃん、あまり見ないでもらえる？」

エルは恥ずかしそうに隠すが、腕から溢(こぼ)れそうだ。

「もぎ取っていい？」

クマさんパペットをパクパクさせる。クマさんパペットなら、もぎ取れそうだ。

「ダメに決まっているんでしょう」

エルの水着はマイクロビキニでいいと思う。あの巨乳はわたしの敵だ。ポロリでもすればいいと思う。


最後にルリーナさんの番になる。

ルリーナさんはバランスが良いスタイルをしている。胸は普通だけど、へこんでいるところはしっかりへこんでいる。

「ルリーナさん、綺麗ですね」

「なによ。褒めても、なにも出ないわよ」

冒険者で、体を動かしているからかな？

マリナも剣を振っているおかげなのか、ほどよく筋肉がついていた。エルは魔法使いで動いていないのか、一カ所に脂肪の塊がついていた。

でも、同じ魔法使いのルリーナさんは脂肪が少ない。好感が持てる。

「ユナちゃん、本当に代金はいいの？」

水着の代金を聞かれたけど、わたしは不要だと言った。

「ちゃんと作ってもらうと、普通なら、それなりの金額がするわよ」

「気にしないでいいよ」

布はクマボックスの中で眠っていたもらいものだ。あとは作っているシェリーにお金を払おうとしたけど、ナールさんとシェリーから「シェリーの練習になるから」「わたしも、連れていってもらいますから」と断られた。

なので、お金はかかっていない。

まあ、布の価値は高いらしいけど、気にしない。

「でも、その代わりに、子供たちを見てもらえると、助かるよ」

「ええ、しっかり、面倒を見るわよ」


全員の体のサイズを紙に記入し終えると、シェリーはみんなの希望の水着を尋ねて、水着作りの準備を終える。

「間に合いそう？」

出発は2日後だ。

「はい、大丈夫です。間に合わなそうだったら、テモカさんに手伝ってもらいます」

シェリーは水着を作るために、急いで店に戻っていった。

今回はシェリーに迷惑をかけてばかりだね。何か、お礼をしたいところだけど、なにかあるかな。

わたしたちはシアの希望もあって2日連続で「くまさんの憩いの店」に行くことなった。

店の前のクマの石像を見て、シアはもちろん、マリナとエルにも驚かれ、みんなでクマパンを食べることになった。

今回もわたしは抵抗するように、一人違うパンを食べた。

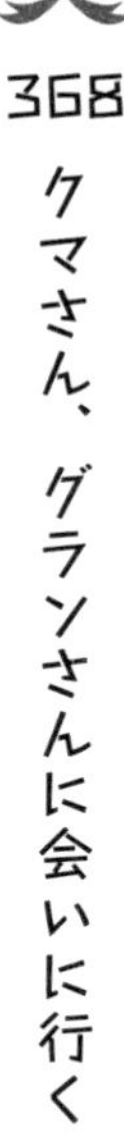

368 クマさん、グランさんに会いに行く

「くまさんの憩いの店」でみんなで楽しく会話をしながらパンを食べたわたしは、一人でグランさんに会いにノアの家に行くことにする。

家に着いて、ララさんにグランさんに会いたいことを伝えると、案内してくれる。

部屋の中に入ると、グランさんとクリフが話をしているところだった。

「もしかして、邪魔だった？」

「大丈夫だ。少し、仕事の話をしていただけだ。もし邪魔なら、部屋に呼んでいない」

クリフが答える。

「グランさん、お久しぶり」

「嬢ちゃん、すまない。本当なら、わしのほうから挨拶に行かないといけなかったんだが、クリフが行かせてくれなかったんじゃよう」

「俺のせいにするな。いきなり仕事を持ってきたのは、グラン爺さんのほうだろう」

なんでも、ミリーラの町からの流通を本格的にシーリンの街にもするため、クリフに相談に来たそうだ。

まあ、それは口実で、ミサのためだったらしい。

「ミサのことはしっかり預かるから、心配しないで」

「話は聞いていると思うが、マリナとエルも行くから、使ってくれ」

「うん、他の子供たちも見てもらおうと思っているよ」

　一応、ルリーナさんとギルが来てくれることになったけど、子供たちを見てくれる大人が多いと助かるからね。

「それと、俺のほうからも謝罪だ」

「謝罪？」

「うちのバカ娘がいきなり来て、申し訳なかった」

　クリフが謝る。

「もしかして、シアのこと？」

「そうだ。俺にも連絡なしで、いきなり来た。それで、おまえたちと一緒に海に行くと言いだすんだからな。おまえさんに迷惑をかける」

「別に一人ぐらい増えても大丈夫だよ」

　今さら、一人ぐらい増えても誤差の範囲だ。

「ノア同様に、我がままを言ったら、叱ってくれていいからな」

「そうじゃな。うちのミサも我がままを言ったら、一緒に叱ってくれ、嬢ちゃんの言うことなら聞くじゃろうからな」

グランさんまで、そんなことを言いだす。

「わたしは3人の教育係じゃないよ」

「ミリーラの町へ行くメンバーで、3人を叱ることができるのが、おまえさんしかいないんだから、仕方ないだろう。もし、おまえさんの言うことも聞かなかったら、クリモニアに帰らせてくれても構わん。そのときには俺のほうから叱ってやる」

「まあ、3人がわたしの言うことを聞かないほど、我がままなことを言うとは思わないけど、そのときはクリモニアに送り返すよ」

「ああ、それで構わない」

それから、他愛もない会話をして、部屋を出て、ルーファさんに会いにいく。

なんでも、ルーファさんも一緒に来ているらしいので、軽く挨拶だけしておくことにした。

ミサと一緒に海へ行くのかと思ったけど、グランさんの付き添いで来ているので、グランさんの側を離れないそうだ。

あんなことがあって、大変だったと思うけど、ときおり笑うので、少しは安心した。

これも、グランさんのおかげなのかもしれない。


そして、グランさんとクリフに挨拶を終えたわたしは、一人で街の外にやってくる。

ミリーラの町に行く人数が増えてきて、最初に作ったクマバスでは手狭になってきた。狭い乗り物での移動ほど辛いものはない。移動で疲れては、せっかくの海を楽しめなくなってしまう。なので、クマバスを改良することにした。

でも、せっかく、中もクッションを置いたり、冷蔵庫を作ったりしたので、なるべく手を加えたくない。それで考えたのが、ミニクマバスだ。

ゴーレムはさほど離れていなければ、動かすことができる。それはスコルピオンと戦ったときに証明されている。

それに、ティルミナさんたちには家族旅行って意味合いもある。なので、大きなクマバスとは別に家族だけでいられる空間があってもいいかと思った。

あと、ノアたちだ。マリナやエル、シアやミサ、知らない人が一緒にいたら、子供たちが驚くかもしれない。

まあ、念のためと、人数が増えてもいいように、くまゆるとくまきゅうのミニバスを作る。といっても、外観が黒っぽいミニクマバスと白っぽいミニクマバスだ。大きさは9人ほどが乗れるようになっている。ちゃんと冷蔵庫もつけて、飲み物を入れておく。

作ってみると、意外と可愛らしいミニクマのバスができた。最近、クマばかりイメージしているせいもあって、作るのも早くなったものだ。

魔法を使う身としては喜ばしいことなんだけど、わたしの心の中もクマに侵されていくような気がする。そのあたりのことは深く考えると怖くなるので、考えないでおく。

とりあえず、もし、人数がいきなり増えることがあったとしても、これで余裕を持たせることができる。わたしはくまゆるバスとくまきゅうバスをクマボックスにしまう。

翌日、明日の出発に備えて、見回りをする。

お店は今日から休みなので、余っている食材を回収に行く。余った食材は使わないと傷んでしまう。なので、ミリーラの町で使うことになっている。

「くまさんの憩いの店」に行くと、モリンさんは明日の朝食と昼食の準備をしていた。

「モリンさん、休みなのにごめんね」

「いつも作っている数に比べれば少ないよ」

と言っても、いつも手伝ってくれる子供たちはいない。モリンさんとカリンさんの2人で作っている。

ネリンは、唯一、「くまさんの憩いの店」以外でケーキを販売している宿屋のエレナさんのためのケーキを作っている。

明日が出発なので、多めに作っているそうだ。

あまり、無理をしないようにと言って、余った食材を受け取ると、店を後にする。

次にアンズのお店、「くまさん食堂」に食材を取りに行くと、楽しそうにしているセーノさんたちの姿があった。

「ユナちゃん、いらっしゃい」

「今日はどうしたの？」

「お昼を食べに？」

「違うよ。食材の回収だよ」

「ユナさん、余った食材はこっちにまとめておいたので、お願いします」

すでに余った食材は箱に詰められている。それをクマボックスにしまう。

「みんなは何をしているの」

「明日の準備ですよ」

アンズが答えてくれる。その間も部屋ではセーノさんたちが荷物をカバンに詰めている。

「お土産は買ったし、忘れ物はないよね」

「ないわよ」

「でも、入れ忘れに注意よ」

どうやら、本当にミリーラの町に戻るのは大丈夫みたいだ。

もしかして、ミリーラの町に戻ったら、お店を辞めて、ミリーラの町に残りたいと言うかもしれない。なんだかんだ言っても、故郷が一番いい。

そのときは残念だけど、引き留めたりはしないつもりでいる。どこで暮らすかは自由で、他人のわたしが決められるものではない。

でも、できれば、クリモニアに残ってほしいものだ。

「くまさん食堂」で余った食材を回収したわたしが次に孤児院の様子を見に行くと、商業ギルドから鳥のお世話をしてくれる人がすでやってきていて、子供たちと一緒に鳥のお世話をしている姿があった。ちゃんと来てくれたみたいでよかった。

これで安心してミリーラの町に行くことができる。

商業ギルドに手配してくれたティルミナさんや、人を貸してくれたミレーヌさんには感謝だ。話によると、そのミレーヌさんも一緒にミリーラの町に行きたがったそうだけど、何日も商業ギルドを離れるわけにはいかないので、一緒に行くことはできなかった。ギルドマスターともなると大変だ。

まあ、行きたいと言われたら、いつもお世話になっているので、連れていってあげるつもりだったけど、残念だ。本当に残念だ。うん、残念だよ。

それから院長先生やリズさん、ニーフさんらと話し、みんなが準備を終えていることを確認する。

初めは院長先生は一人で孤児院に残ると言ったらしいが、ティルミナさん、リズさん、子供たちの説得のおかげで一緒に行くこととなった。

最後のひと押しは、子供たちが院長先生が行かないなら、自分も行かないっていう子が何人も現れたかららしい。流石(さすが)の院長先生も、そんなことを言われたら、行くしかないと思ったようだ。

なんだかんだで、子供たちには院長先生がいないとダメなんだと思う。

そして、次に水着作りで無理をさせているシェリーのところに向かう。

裁縫店の中に入ると、シェリーとテモカさんが水着を作っていた。

「シェリー、間に合いそう？」

「はい、大丈夫です。今日中に終わります」

「本当だよね？　徹夜なんかしちゃダメだよ」

すでにミサ、マリナ、エルの水着は完成しており、残りはシアとルリーナさんの分だけらしい。

シアとルリーナさんの水着もすでに半分はでき上がっているようなので、シェリーの言葉も嘘ではないと思う。

「ユナちゃん、大丈夫だよ。わたしも手伝って、終わらせて、シェリーはちゃんと孤児院へ送り届けるから」

テモカさんが約束してくれる。

とりあえず、ここにいると邪魔になるので裁縫店を後にする。

最後にフィナの家に顔を出し、ゲンツさんが無事に参加できることになったことを確認する。

休みなく働いていたらしいから、よかった。

疲れが取れるように、神聖樹のお茶を少しだけ置いてきてあげた。

みんな、楽しみにしているようでよかった。

シェリーには一番迷惑をかけてしまったかもしれない。

今度、お礼をしないといけないね。

そして、明日の朝は早いので、くまゆる目覚ましと、くまきゅう目覚ましをセットして、早めにベッドに入る。

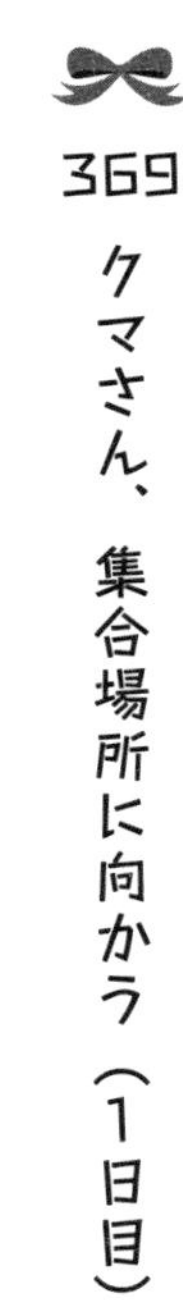

369 クマさん、集合場所に向かう（1日目）

陽が昇る少し前に、わたしはくまゆるとくまきゅうに起こされた。

「くまゆる、くまきゅう、おはよう」

わたしは起こしてくれたくまゆるとくまきゅうにお礼を言うと、ベッドから降りる。

まだ、眠い。昨日は早く寝たけど、この時間帯は睡魔を呼ぶ。

でも、今日はとうとうミリーラの町に出発する日だ。

わたしは顔を洗って目を覚まさせると、白クマの格好のまま外に出る。そのあとを子熊化したくまゆるとくまきゅうがトコトコとついてくる。

別に着替え忘れたわけじゃない。クマバスはわたしの魔力を使って動く。普通にゆっくりと動かすだけなら、黒クマでも十分だけど、長時間、さらに速度を上げれば、魔力は大きく消耗する。なので、もしものことを考えて白クマの格好だ。

途中で着替えることは避けたいので、初めから白クマのままだ。そして、くまゆるとくまきゅうだけど、2人には周囲を見張ってもらおうと思っている。

探知スキルでいちいち確認するのは面倒なので、くまゆるとくまきゅうに任せることにした。

集合場所である門の入り口にやってくると、ノアとミサ、シア、マリナ、エルの貴族組がすでにいた。

「ユナさん、おはようございます。それから、くまゆるちゃんも、くまきゅうちゃんもおはよう」

ノアは子熊化したくまゆるを抱きかかえる。一緒にいたミサも挨拶をするとくまきゅうを抱きかかえる。

「それで、ユナさん、その格好は？」

「ユナお姉さま、白い格好も可愛いです」

「くまきゅうちゃんの格好？」

「………………」

ノアとミサ、シア、それとマリナとエルがわたしの格好に驚く。いつも、黒クマの格好をしているわたしが白クマの格好をすれば驚くよね。

「まあ、ちょっと理由があって、気にしないでもらえると助かるよ」

「いつものくまゆるちゃんの格好も可愛いですが、くまきゅうちゃんの格好も可愛いです」

「その……ありがとうね」

やっぱり、黒いクマだとくまゆる。白いクマだとくまきゅうっていう認識になるんだね。

わたしたちが話をしていると、後ろから声をかけられる。

「ああ、ユナ姉ちゃん、白い」

「本当です」

後ろを振り向くとシュリとフィナが駆け寄ってくる姿がある。そして、シュリはわたしに抱きつく。

「シュリ、フィナ、おはよう」

「おはようございます」

「なんで、ユナ姉ちゃん、白いの？」

「今日はくまきゅうの気分なんだよ」

わたしがそう言うとミサが抱いているくまきゅうが嬉しそうに鳴く。まあ、いつも出歩くときは黒クマの姿だから、喜んでいるのかもしれない。

「くまゆるちゃん、くまきゅうちゃん。おはよう」

シュリはノアとミサが抱いているくまゆるとくまきゅうに挨拶をする。シュリは朝から元気だ。眠そうにしているかと思ったんだけど。眠そうにしているのはフィナたちの後ろに立っているティルミナさんとゲンツさんだ。

「ティルミナさんとゲンツさんは眠そうですね」

「流石にいつもは寝ている時間だからね。娘たちがこんなに元気なのが不思議なくらいよ」

ティルミナさんの言葉にゲンツさんが欠伸をしながら頷く。そして、わたしの格好を見て、何か言いたそうにしているが、口を閉じている。

大人の対応は有難いね。

「まだ、揃っていないのね」

来ていないのは孤児院の子供たちにモリンさんたち「くまさんの憩いの店」メンバーとアンズたちミリーラのメンバー。護衛のルリーナさんとギルの2人だ。

とりあえず、わたしは邪魔にならない場所に移動する。

「このあたりでいいかな」

わたしはクマバスとミニクマバス2台をクマボックスから出す。

その瞬間、クマバスのことを知っているフィナとシュリ以外が驚く。

「な、なんですか。これは!?」

「くまさんです」

「クマ？」

ノアとミサ、シアはクマバスに駆け寄る。

「一気に目が覚めたわ」

「ええ、そうね」

マリナとエルは眠そうにしていたが一瞬で目が覚めたようだ。それはティルミナさんとゲンツさんも同様のようで、クマバスを呆然と眺めている。

「ユナお姉ちゃん。後ろの小さなクマさんはなんですか？」

フィナがミニクマバスを見る。

昨日作ったから、フィナとシュリもミニクマバスのことは知らない。

「人が増えたから作ったんだよ」

「ユナさん、どうやって、動かすんですか？　まさか、くまゆるちゃんとくまきゅうちゃんが引っ張るんですか？」

ノアが疑問を口にする。

やっぱり、そう思うの？

ノアとミサが抱いているくまゆるとくまきゅうが「「くぅ～ん」」と鳴いて否定する。

「違うよ。わたしの魔力で動かすよ。ノアたちは知っているでしょう。一緒に王都に行って盗賊を捕まえたときに、運んだ方法を」

「ああ、はい。檻に入れて、魔法で作ったクマさんが運んでいました」

「それと同じだよ」

王都で盗賊を運んだことを知っているノアたちはすぐに理解する。

「本当に魔力で動かせるの？」

この場にいるシアだけが見ていないので、理解はできないみたいだ。

「お姉様、大丈夫ですよ。ユナさんなら、数十人乗せても、動かすことができます」

実際に見たことがあるノアが自信満々に答える。

「それで、ユナさん。どちらのクマさんに乗ればいいんですか？」

ノアは大きなクマバスと小さいクマバスを見比べる。

「好きな場所に乗ってもいいけど。大きいほうには孤児院の子供たちを中心に乗ってもらうつもりだよ」

「大きいクマさんにも乗りたいですが、小さいクマさんにも乗りたいです。どっちにするかなんて、選べません。しかも、小さいほうは、くまゆるちゃん色とくまきゅうちゃん色」

ミニバスは黒っぽい色と、白っぽい色になっている。

「ミサとフィナはどうします？」

「ノアお姉さまと一緒なら、どちらでもいいです」

「シュリと一緒なら、どちらでも」

そのシュリはクマバスの周りを駆け回っている。

「まあ、途中で交代したり、帰りもあるから、いろいろと乗ればいいよ」

「そうですね。とりあえず、皆が来る前に、確認しましょう」

ノアはミサたちを連れて、クマバスに乗ったり、子熊のバスに乗ったり、楽しんでいる。早朝なのに元気なことだ。

そんな様子を見ながら、ティルミナさんが話しかけてくる。

「娘たちから聞いていたけど、本当にクマなのね」

「フィナとシュリから話を聞いたときは、馬車の形がクマなのかと思ったが、想像と違った。相変わらず、嬢ちゃんには驚かせられるな」

ゲンツさんは呆れるようにクマバスを見ている。

「でも、どうやって、小さいほうのクマを動かすの？　ユナちゃん、大きいほうのクマに乗るのよね？」

親クマバスと子クマバスは繋がっていない。ティルミナさんの疑問はもっともだ。

「少しぐらい離れていても、わたしの魔力で動くから、大丈夫だよ」

魔力で動かせる範囲はそれほど広くはない。あまり離れると、魔力が届かなくなり、動かせなくなる。今回は大きいクマバスと小さいクマバスはそれほど離すことはないので大丈夫だ。

「相変わらず、ユナちゃんは信じられないことを平然とするわね」

わたしが避けているっていうのもあるけど、他の冒険者と交流が少ないため、どのあたりまでが普通なのか、未だに判断に困る。

「それで、俺たちは、どこに乗ればいいんだ？」

「一家団欒で、フィナたちと小さいほうに乗ってもいいけど」

そのために小さいクマバスを用意した。

ミニバスは最大で9人まで乗れる。別に4人で乗ってもらっても構わない。

「だから、フィナとシュリと相談して」

「分かったわ。気を使ってくれてありがとうね。ユナちゃん」

ティルミナさんとゲンツさんはクマバスを見ているフィナとシュリのところへ移動する。


しばらくすると、孤児院の子供たちと、リズさんや院長先生にニーフさんがやってきた。

眠そうにしている子や、離ればなれにならないように手を繋いでいる子もいる。

「ああ、ユナお姉ちゃん。白い」

「本当だ。白いくまさんだ」

やっぱり、そこに反応するんだね。

子供たちが駆け寄ってくる。

「みんな、おはよう」

「おはよう」

やっぱり、白クマ姿で人前にあまり出たことがないから、みんな騒ぐね。

初めてクマの着ぐるみ姿で街を歩いたときの感覚を思い出して、少し恥ずかしくなってくる。

そう考えると、黒クマ姿には慣れたってことになる。

慣れって、怖い。

「お姉ちゃん、このクマさんは、なに？」

子供たちがクマバスを見ている。

「馬車の代わりだよ。これに乗って、ミリーラの町へ行くよ」

わたしがそう言うと、子供たちの興味はわたしからクマバスに移る。

「うわぁ、大きなくまさんだ」

「大きい」

子供たちがクマバスを見て騒ぎだす。

クマバスをペタペタ触る子供たち、眠そうにしていた子供もクマバスを見て、目を覚ます。

クマバスの周囲を駆けだす子供。

「みんなは大きなクマに乗ってくれるかな。席は好きな場所に座っていいから。でも、一番前と後ろはダメだからね。あと、騒がないで、仲良く乗るんだよ」

「はぁ〜い」

「小さいクマさんはダメなの？」

「院長先生やリズさん、ニーフさんと一緒に乗ってもらうから、大きいほうに乗ってほしいかな」

孤児院の子供たちはできれば、同じクマバスに乗ってほしい。小さいクマバスだと全員乗れないので、大きいクマバスに乗ってもらうことになる。

「えっと、ユナさん、これにわたしたちも乗るんですか？」

リズさんがクマバスを見ながら、微妙な顔つきをしている。

「見た目はあれですが、馬車よりも速くて、広いですよ。リズさんたちは一番後ろの席に座ってください」

後ろの席は院長先生のために、ゆったり座れるように少し広くしてある。

「分かりました。みんな、乗りますよ」

「は～い」

「一番前はわたしが座るから、後ろのほうから座っていってね」

子供たちは返事をしながら、クマバスに乗っていく。院長先生たちも、眠そうにしている子を連れて、クマバスに乗る。

「僕、ここ」

「わたしここ」

「ああ、そこ座りたかった」

クマバスの中では、席の取り合いが始める。

「ほら、ユナさんに迷惑をかけないと約束したでしょう。静かに乗りなさい」

院長先生が注意すると、子供たちは大人しくなる。

流石(さすが)だね。

やっぱり、院長先生に来てもらって、本当によかった。

370 クマさん、クマバスを走らせる（1日目）

院長先生たちが乗って席を決めていると、ルリーナさんとギルがやってくる。

「ユナちゃん、おはよう」

「2人とも、今日はよろしくね」

「ええ、それはいいんだけど、これはなに？」

「クマのゴーレム馬車だよ」

冒険者の2人にはそう説明したほうが早いと思って、そう答える。

「ゴーレム馬車って、ユナちゃんが魔力で動かすの？」

「そうだけど」

「簡単に言うけど、普通はゴーレムを作るのも難しいのに。なのに、こんなに大きいものを動かすって」

ルリーナさんは信じられないようにわたしとクマバスを見る。

そういえばマリナたちはわたしが大きなクマのゴーレムを作ったことは知っているけど、ルリーナさんは知らないんだよね。

「でも、ブラックバイパーやゴブリンキングを倒すユナちゃんの魔力なら、できるのかしら？」

「大丈夫だよ」

盗賊を檻に入れて運んだ経験がある。ただ、問題は速度の違いがあるだけだ。

「でも、相変わらず、ユナちゃんが作るのはクマなのね」

それは仕方ない。クマだとイメージが簡単に作れるし、同じものを作った場合、魔力を抑えることもできる。さらにクマハウス同様に強度が高くなる。クマにするメリットが多すぎて、クマにしない理由がない。わたしが我慢さえすれば、子供たちの安全を得ることもできる。

「それで、わたしたちはどっちに乗ればいいの？」

「子供たちを見ててほしいから、大きいほうに乗ってほしいかな」

クマバスに乗っている子供たちから、２人を呼ぶ声がかかる。

「ほら、呼んでいるよ」

ルリーナさんとギルは素直に大きいクマバスのほうに乗ってくれる。

２人がクマバスを乗り込むと、子供たちから喜びの声が上がる。

初めてお店を作ったときに、２人に護衛をしてもらった。そのこともあって、お店で働く子供たちには人気がある。

「それで、ノア、乗る場所は決めたの？」

クマバスに乗っていないノアたちに尋ねる。

「決めないと、適当に乗ってもらうよ」

「大丈夫です。決めました。フィナたち家族には一緒に乗ってもらうことも考えて、交代で乗ることにしました」

とりあえずはノアたちがくまゆるバスに乗って、フィナたちが大きいクマバスに乗ることになったらしい。

それで、途中で交代するらしい。

「フィナ、シュリ。くまさんは預けますが、交代ですからね」

ビシッと指をさすノア。

さっきまでノアとシアに抱かれていたくまゆるとくまきゅうは、フィナとシュリが抱いている。

どうやら、くまゆるとくまきゅうは代わりばんこに抱くことになったらしい。

でも、デジャヴを感じるのは気のせいだろうか。確か、前にも同じことがあったよね。でも、前は譲らないようなことを言っていたから、ノアも成長しているみたいだ。

それともクリフに言われたことをしっかり守ってるのかな？　とりあえず、くまゆるとくまきゅうの奪い合いになることはなくて一安心だ。

ノアたちはくまゆるバスに乗り込む。

1列目にはノアとミサ、シアの3人が座る。

「ユナちゃん、誰も後ろに乗らないなら、荷物を載せておいてもいい？

「いいよ」

マリナとエルはちょっとした荷物を一番後ろに載せ、2列目に座る。


あとはアンズたちとモリンさんたちだけになる。

ちょっと、遅いかなと思っていると、アンズたちがやってくるのが見えた。

「うぅ、眠いよ」

大きな欠伸をするセーノさん。

「わたしも眠いです」

セーノさんの言葉にアンズも頷く。

「ユナちゃんが白い。夢でも見ているのかな？」

目が覚めたかと思ったら、寝ぼけているだけだった。

「今日は白いよ。そのことについての質問は受け付けないからね」

もう、説明が面倒だ。

「それで、これはなに？　馬車は？」

クマバスを見てから、キョロキョロとあたりを見る。

アンズたちや、モリンさんたちはクマバスを見ている。

その説明も何度もした。面倒なので、簡単に説明をする。

「これに乗ってミリーラの町へ行くよ。アンズたちはそっちの白いクマに乗って」

わたしはくまきゅうバスをさす。

アンズ、セーノさん、ファルネ、ペトルさんは微妙な顔をする。

「ユナちゃん、これ動くの？」

「わたしの魔力で動くよ」

わたしは説明はほどほどにして、アンズたちには小さいクマバスに乗ってもらう。

4人が乗ると、最後の3人がやってくる。

「遅くなってごめんなさい。パンを焼いていたら、遅くなって」

朝食を用意するとは聞いていたけど、こんな早くから焼いていたらしい。

「ありがとうございます」

「ユナさん。わたし、海は初めてだから楽しみです」

「わたしも行ったことがないよ」

モリンさんの横で、カリンさんとネリンが嬉しそうに話しかけてくる。2人は年齢も近く、親戚ということもあって、仲良くしている姿をよく見かける。

「それで、ユナちゃん。この可愛らしいクマはなに？　みんな乗っているけど」

「馬車みたいなものだよ」

「馬がいないみたいだけど」

みんなそう思うよね。

わたしは面倒だけど、同じ説明をして、モリンさんたちはアンズたちと同じ、くまきゅうバスに乗ってもらう。

「分かれて、乗るんだね。それじゃ、朝食のパンは分けたほうがいいわね」

モリンさんは、くまゆるバスとくまきゅうバスに乗っている人数分のパンをカゴから取り出すと、残りを渡してくれる。

「あとは、そっちで食べて」

「ありがとうございます」

わたしはお礼を言って受け取り、全員にクマバスの説明をする。

クマバスには備え付けの冷蔵庫があり、飲み物が入っているから、自由に飲んでいいこと。速度が上がることがあるけど、慌てないこと。朝食はモリンさんが作ってくれたパンを移動中のクマバスの中で食べること。などと簡単な説明をする。緊急に連絡がある場合は、クマの目に取り付けられている光の魔石を点滅させることを教える。

一応、クマの目には光の魔石を取り付けてある。トンネルが真っ暗の可能性もあるし、何かトラブルがあれば、夜に走ることもあるかもしれない。

使わなくても、保険はあったほうがいいからね。

わたしが説明すると、いきなり、ノアがくまゆるバスの目を点灯させる。

「ノア、いたずらするなら、残ってもらうよ」

「ち、違います。本当に光るか試しただけです。もし、光らなかったら、緊急のとき、困るでしょう」

ノアは言い訳をするが、まあ間違ってはいない。

「でも、走っているとき、何もないのにやったら怒るからね」

「分かっています」

ちゃんと言えば、ノアも約束は守ってくれるから、大丈夫だと思う。

「それじゃ、出発するよ」

大きいクマバスには孤児院の子供たちや院長先生たち、それにルリーナさんとギル、そして、フィナたち家族。くまゆるバスにはノア、シア、ミサと、護衛役のマリナとエルの5人、くまきゅうバスにはお店のスタッフの7人が乗った。みんなに声をかけ、わたしは大きいクマバスに乗り込み、運転席に座る。その隣にはフィナとシュリがくまゆるとくまきゅうを抱きながら座っている。

わたしはハンドルを握ると、魔力を流し、クマバスを動かす。

クマバスが動きだすと、子供たちが騒ぎ始める。

「寝ている子もいるんだから、あまり騒がないでね」

わたしが後ろに向けて言うと、「はい」「うん」などと返事が戻ってきて静かになる。本当にしっかりした子供たちだ。

でも、小声で「凄い」「動いているよ」と嬉しそうに話す声が聞こえるのは微笑ましい。この中には馬車に乗ったことがない子もいる可能性がある。そうなると、騒ぐのも仕方ないかもしれない。

くまゆるバスとくまきゅうバスもちゃんと後ろからついてくる。

ここからでも、ノアたちの騒ぐ声が聞こえてくる。

わたしはクマバスをゆっくりと走らせる。走らせるといっても、馬車より少し速いぐらいの速度だ。

でも、隣に座るシュリは、お気に召さないようだ。

「ユナ姉ちゃん。遅いよ。この前みたいに速く走らないの？」

「まあ、初めはゆっくり行くよ」

この前のは実験だ。それに今回は乗っている人数が多い。無茶をするわけにもいかない。でも、時間や子供たちの様子を見て、速度は上げるつもりでいる。

クマバスを走らせていると、陽が徐々に昇ってくる。わたしはモリンさんが作ってくれたパンを取り出し、フィナに渡す。

「モリンさんが朝食に作ってくれたから、みんなに分けてあげて」

「分かりました」

「わたしも手伝う～」

「それじゃ、シュリはそこに冷蔵庫があるから、みんなに飲み物を配ってあげて」

運転席の後ろにある冷蔵庫をさす。冷蔵庫の中にはオレンの果汁から牛乳、水などが入っている。

「2人とも動いているから気をつけてね」

フィナとシュリはくまゆるとくまきゅうを椅子の上に置くと、パンと飲み物を配りに行く。

2人が配っている間はなるべく安全運転するように心がける。

わたしもパンを1つもらい、口に入れる。それにしても、シュリの言葉じゃないけど、わたしも遅く感じる。どうしても、くまゆるやくまきゅうが基準になってしまうから、この速度は物足りない。

魔力にも余裕があるし、みんなが朝食を終えたら速度を上げるかな。

そして、朝食を食べ終えた子供たちは、朝も早かったせいか、眠りについている。

隣に座っているシュリもくまきゅうを抱きながら船を漕いでいる。やっぱり、子供には早かったみたいだ。寝ているシュリを見ると、膝の上に乗せているくまきゅうの頭によだれが落ち

そうになっていた。

でも、くまきゅうも目を瞑って寝ているし、頭の上からヨダレが落ちてくるとは思っていない。

くまきゅうのピンチだ。

わたしがシュリのヨダレを拭いてあげようとしたら。

「ユナお姉ちゃん、前を失礼します」

シュリと反対側に座っているフィナが手を伸ばして、ハンカチでシュリの口元を拭く。どうやら、くまきゅうはよだれを回避することができたみたいだ。

でも、フィナは妹のことをよく見ているものだ。シュリは拭かれたことも気付かずに寝ている。

みんなも寝ているし、わたしは魔力を込めて、車輪の回転速度を上げる。クマバスの速度が上がる。2台のミニクマバスもちゃんとついてきている。いい感じだ。白クマのおかげもあって、魔力が減っている感じはあまりしない。

クマバスは馬車より速い速度で走る。トンネルが通行禁止になる前には余裕で着きそうだ。

問題があるとしたら、眠いことだ。後ろでも横でも、スヤスヤと気持ちよさそうな寝息が聞こえてくる。わたしも寝たい。いつもなら、くまゆるやくまきゅうの背中で寝るわたしも、自動運転機能がついていないクマバスを眠ったまま走らせるわけにはいかないし、くまゆるやくまきゅうに運転してもらうわけにもいかない。長距離ドライバーの気持ちを、この年で知ることになるとは思わなかった。

わたしは眠気に耐えながら、クマバスを走らせる。魔物の探知はくまゆるとくまきゅうに頼んである。そのくまゆるとくまきゅうが反応しないってことは近くに魔物がいないってことになる。

眠気覚ましに魔物が現れてほしいとは思わないけど、暇だ。

「フィナ、眠い。なにかしゃべって」

「なにかって、何をですか？」

「なんでもいいよ」

会話をすれば眠くなくなるはずだ。

「えっと、お父さんとお母さんがユナお姉ちゃんに感謝していました。こんな機会は滅多にないから、嬉しいって」

フィナは悩んだ末、両親の話をし始める。

ゲンツさんがどれだけ苦労して休みをもらったとか、ティルミナさんがわたしのことを「予想の斜め上を行くから大変」って言っていたとか、話してくれる。

そんな、斜め上を行く行動なんてしているかな？　そんなつもりはないんだけど。

「でも、お母さん、ユナお姉ちゃんに頼まれたことを嬉しそうにやってましたよ」

それから、ノアやミサと遊んだことや、孤児院の子供たちがどれだけ嬉しそうにしていたかを話してくれる。楽しみにしていたと聞くと嬉しくなる。

これはみんなの期待を裏切らないように
フィナとおしゃべりをしたおかげで眠気もなくなり、クマバスも順調に進む。そして、そろそろ、休憩を含めた昼食を取ることにする。

「みんな、休憩するよ。クマ馬車から降りて、昼食を食べるよ。寝ている子は起こしてあげて」

起きている子は寝ている子を起こす。わたしはクマバスから降りて、背筋を伸ばす。

フィナとシュリにはくまゆる・くまきゅうバスに乗っている人たちに休憩の旨を伝えてもらう。

子供たちはクマバスから降りて、駆け回る子もいる。それをリズさんが止まるように叫ぶ姿がある。

平和だな。

わたしがのんびりと休んでいると、エルとルリーナさんがやってくる。

「ユナちゃん。大丈夫なの？」

「なにがですか？」

「魔力よ。こんな大きなゴーレムを魔力で動かし続けているでしょう。普通なら、あっという間に魔力が切れてもおかしくはないわよ」

魔法使いのエルとルリーナさんが心配そうにする。

「大丈夫だよ。わたしの魔力量は普通の人より、多いから」

神様からのもらいものだからね。

実は元の世界にいたときから、魔力があったとかだったら、面白いけど。

「本当に無理はしていないのね」

「してませんよ」

「なら、いいけど。本当に無理だけはしないでね」

2人は魔法使いだから、魔力を使いすぎるとどれだけ大変かを知っているみたいだ。クラーケンのときは怠くなって動けなくなったのが思い出される。

それから、昼食を食べ、休憩を終えた。


休憩も終え、わたしは出発する前に皆に伝える。

「もう少し速度を上げるけど、騒がないでね」

運転席に座るわたしの隣にはフィナとシュリの2人でなく、ノアとミサ、シアの3人が座っている。ティルミナさんとゲンツさんが座っていたところにはマリナとエルが座る。

どうやら、交代するらしい。

フィナとシュリ、それから、ティルミナさん、ゲンツさんはくまゆるバスのほうに乗っている。

「ふふ、一番前です」

「騒いだら、後ろに戻ってもらうからね」

「騒ぎません」

「はい」

ノアは口を尖らせるとくまゆるを抱きしめ、ミサはくまきゅうの頭を撫でる。

わたしはハンドルを握ると魔力を込めてクマバスの速度を上げる。いい感じだ。後ろに乗っている子供たちも元気に騒ぎだす。「速い、速い！」「凄い！」と楽しそうだ。どうやら、怖がっていないようだ。

隣に座っているノアとミサも大喜びだ。

道もクリフとミレーヌさんの尽力で舗装されたこともあって、振動も少ない。

クマバスはさらに速度を上げ、ミリーラの町に向けて走る。

ただ、速度を上げすぎて、くまゆるバスとくまきゅうバスからライトの点滅（パッシング）を受け、速いと怒られた以外は魔物に出会うことも、雨に降られることもなく、順調に進んだ。

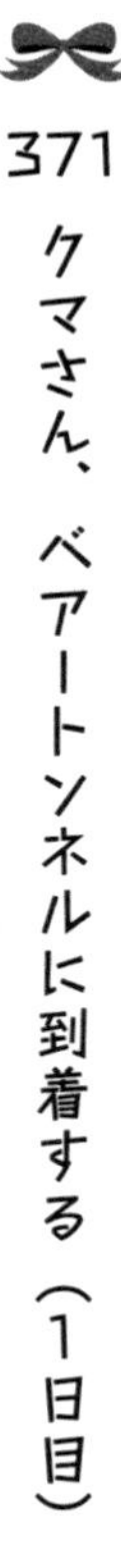

371　クマさん、ベアートンネルに到着する（1日目）

木々の間を進み、そろそろトンネルに到着するはずだ。

クマバスが左右に森林のある道を進むと、壁が見えてくる。

壁？

速度を落としてゆっくりと進むと、門が見えてくる。

どうやら、トンネルの周りに壁を作ったみたいだ。知らなかった。

門に到着すると入り口に人が立っており、クマバスを見て驚いた表情をしている。

「あのう、中に入りたいんだけど、入ってもいい？」

クマバスから顔を出して、門番に尋ねる。

「白いクマ？　…………クマの嬢ちゃんか？」

わたしのことを知っているみたいだけど。わたしの白クマの格好を見て、首を傾げている。

もしかして、黒クマじゃないからといって、わたしだと認識できないってわけじゃないよね？

「クマの嬢ちゃんでいいんだよな？」

なんで確認するかな？

「どのクマの嬢ちゃんのことを言っているかわからないけど」

「クマさんの格好している人物は一人しかいないと思いますが」

隣に座っているノアが小声で言うが、聞き流すことにする。わたしやノアが知らないだけで、違うクマがいるかもしれない。

「いつもは黒いクマの格好をして、クマのパン屋や料理屋を作って、子供を連れ回しているクマの嬢ちゃんだよな」

門番が確認するように尋ねてくる。

どうやら、門番が言っているクマとは、わたしとは違うらしい。子供を連れ回した記憶はない。だから、違うクマだ。わたしはそう結論を出す。

「横にも後ろにも子供たちがいるし」

わたしが導き出した結論を一瞬で論破する門番。なかなか頭が回るみたいだ。反論ができない。

「いつもは黒いクマの格好をしていると聞いているから、一瞬戸惑ったぞ。白いクマの格好もするんだな」

「それにしても、馬もいないのに、この馬車をどうやって動かしているんだ？」

門番は不思議そうにクマバスを見る。みんな、気になるところは同じなんだね。

「魔力だよ」

「魔力？　そういえば嬢ちゃんは、本当にブラックバイパーを倒すほどの冒険者だったんだな」

ブラックバイパーのことを知っているってことは、この人はクリモニアの人なんだね。

ここで、クラーケンの話をされでもしたら困っていた。クラーケン討伐のことは、全員知らない可能性が高い。アンズたちは話さないと思うし、クリフがノアに話している可能性があるぐらいだ。

ミレーヌさんがティルミナさんに話しているかもしれないけど。知らない人のほうが多い。

「壁なんか作ったんだね」

「トンネルは重要な場所だから、クリフ様の指示で作られた」

3ｍほどの高さがある壁はトンネルを囲うように作られている。これなら、魔物がトンネルに入ることもできないし、盗賊も入れない。無断でトンネルを通ることもできない。

「通行料を払うって聞いたんだけど」

「それは、トンネルの入り口のところでだ。ここでは、ギルドカードで、身分を確認するだけになっている」

話によると、壁の中ではちょっとした商売も行われているそうだ。なので、トンネルを使わずに、魚介類を買うこともできるらしい。

「それで、クマの嬢ちゃんの話は聞いているが、一応、嬢ちゃんのギルドカードだけ、確認させてもらってもいいか？」

門番はクマバスに乗っている子供たちを見ながら、尋ねてくる。

「わたしのだけでいいの？」

「問題ない」

わたしはギルドカードを見せる。

「確認した。通っていいぞ」

わたしはハンドルに魔力を流し、クマバスを動かして、壁の中に入る。

壁の内側に入ると、思っていたよりも人がいた。なにより驚いたのは建物が建っていることだ。

「おじさん、あの建物は？」

「魚介類を販売している店と、宿屋だ」

クリフは宿屋と駐屯所みたいなものを作ると言っていたけど。店と宿屋を作ったんだね。

もしかすると、トンネルを工事する人の仮宿を店と宿屋にしたのかもしれない。

しばらく来ないだけで、こんなにも変わるもんなんだね。

わたしは周囲を眺めながら、クマバスを動かす。目立つせいか、皆クマバスを見ている。

小休憩と思ったけど、このままトンネルに入ったほうがいいかな？

「ユナさん、このままトンネルの中に入るんですか？」

「う〜ん、どうしようか？」

わたしは院長先生を含めた子供たち、クマバスに乗っているみんなに確認する。すると休憩が欲しいとのことなので、小休憩を取ることにした。

クマバスを邪魔にならないところに停めると、くまゆるバスとくまきゅうバスに乗っている人たちにも声をかけて、少し休憩する旨を伝える。

クマバスを停めると、子供たちがクマバスから降りていく。トイレに行きたかった子もいたみたいだ。リズさんとニーフさんが子供たちを連れてクマバスを降りる。

「ユナさん。ちょっと、周りを見に行ってもいいですか？」

ノアがそわそわしながら、外を見ている。

「いいけど、他の人の迷惑にならないようにね」

「はい。ミサ、お姉様、行きましょう」

「でも、くまゆるとくまきゅうは置いていってね」

ノアとミサが抱いているくまゆるとくまきゅうを置いていってもらう。少し残念そうにするが、ノアとミサは素直にくまゆるとくまきゅうは離し、クマバスから降りていく。そのあとをマリナとエルもついていく。

バスの中には寝ている子供と院長先生とルリーナさんとギルだけになる。

わたしも見学に行ってこようかな。と悩んでいると、

「ユナさん、わたしが残っていますから、行っていいですよ」

どうしようかと思っていると院長先生がそう言ってくれる。

「この乗り物のことは俺が見ている」

ギルもそう言ってくれる。それなら安心だね。

「それじゃ、2人ともお願いします」

クマバスのことは院長先生とギルに頼み、わたしもクマバスから降りる。

ずっと、運転していたから、疲れた。

これが、世間で言う、運転する父親の気持ちなのかもしれない。

いやいや、わたしは15歳の女の子だから。

クマバスを降りてくまゆるバスとくまきゅうバスを見ると、シュリがトイレに行きたかったらしく、フィナと駆けだしていく姿があった。

ティルミナさんやアンズたちも、それぞれのクマバスから降り、モリンさんもカリンさんとネリンを連れて、クマバスから降りてきた。


わたしは体をほぐしながら歩く。

いろいろな人がわたしとクマバスを見ているが気にしないことにする。

周囲を見ると、子供たちが走り回っている。今まで、クマバスに座りっぱなしだったから、体を動かしたかったのかもしれない。

それから、トンネルの周囲を探索して分かったことがいくつかあった。囲まれた壁の中には宿屋、駐屯所の他に馬小屋に倉庫、商店があった。ここでは冷凍された魚を売っている。

「ここで魚を売って、誰が買いにくるのかな？」

「クリモニアから買い出しに来る商人や料理人がいるらしいわよ」

わたしの独り言に近くにいたティルミナさんが答える。

「そうなの？」

小屋の中にはティルミナさんだけでなく、アンズたちや、モリンさんたちもいた。

料理人として、気になるのかな。

「ここで購入すれば、トンネルの通行料を払わずに済むでしょう」

確かに、ここで買えば、トンネルを使ってミリーラまで行かなくても済む。

時間の短縮になるし、通行料も払わなくていい。ちゃんと考えられているんだね。

わたしはティルミナさんと別れ、小屋を後にすると、トンネルに向かう。トンネルの入り口には子供たちが集まってる。ノアたちもいる。その理由としては、トンネルの入り口の横にクマの石像が立っているからだ。

「お店にあるクマさんと一緒だ～」

「でも、こっちのクマさん、パンじゃなくて剣を持っているよ」

クリモニアのお店にあるデフォルメされたクマと同じだ。クリモニアのクマはパンを持っているが、こっちのクマは剣を持っている。

「あれもユナさんが作ったんですか？」

わたしがクマの石像を見ていると、いつのまにかやってきたノアが尋ねてくる。ミサとシアも一緒だ。

「クリフに作らされたんだよ」

「お父様にですか？」

「わたしは嫌だって言ったのに、クリフが無理やり……」

わたしは悲しそうな表情をしてみる。

嘘は言っていない。無理やり作らされたのは事実だ。

「お父様、酷いです」

「ノアもそう思うよね」

「はい。家の前にクマさんの石像を作るのはダメだって言ったのに。自分はこんなところにユナさんに作ってもらうなんて、ずるいです」

えっと、そっち？

おかしい、普通は無理やり作らされたことが酷いってことだよね？

「帰ったら、お父様にもう一度、頼んでみます。許可が下りたら、作ってくださいね」

「頼まないでいいから。それから、作らないからね」

領主の家の前にクマの石造を作ったら、クリフの領主としての威厳がなくなってしまう。まあ、クリフの威厳はどうでもいいけど、クマの石像があると、わたしの家と勘違いされる可能性だってある。クリフが却下しなくても、わたしが却下する。

「それじゃ、庭ならいいですか？」

「それなら、わたしの家にも欲しいです」

ノアがバカなことを言うからミサまでそんなことを言いだした。

人は近くにいる人の影響を受けやすいっていうけど、ミサがノアに似てきているようで、将来が心配になってくる。

「作らないからね」

「そんな～。ユナさん、作ってくださいよ。お姉様も一緒にお父様に頼みましょう」

「そうだね。お父様に断られたら、王都にある家の庭でもいいかも。きっと、お母様なら、許可を出してくれるかも」

シアは笑いながら言う。

これは楽しんでいるよね。

「お姉様、ずるいです」

クリフなら、絶対に許可を出さないと思うけど、エレローラさんなら面白半分で許可を出す可能性もある。だから、下手に首を縦に振ることはできない。ここははっきりと断っておく。

「いや、どっちの家にも作らないからね」

372 クマさん、ミリーラの町に到着する（1日目）

クマの石像の近くには小さな小屋がある。どうやら、ここで通行料を払うらしい。先ほどから、わたしたちを見ている男性がいる。

クリフから通行証をもらっている。これがあれば、無料で通れるようになっている。しかも、回数制限も、人数制限もない。

わたしは本当に通行証が使えるかどうか確認をするため、男性のところに向かう。

「確認だけど、トンネルの通行証はあるから、通っていいんだよね？」

「話は聞いているが、確認だけはさせてくれ」

わたしはクリフからもらった通行証を見せる。

「間違いない。大丈夫だ。自由に通ってくれていい」

門番は通行証を確認するとカードをすぐに返してくれる。

「全員、いいんだよね？」

一応、確認する。

「ああ、嬢ちゃんの関係者なら、何人でも構わない。ただし、嬢ちゃんが一緒だという条件がつくが」

「それじゃ、あの3台の馬車？　で通るから、よろしくね」

わたしはクマバスに目を向ける。

男性は微妙な顔つきで「分かった」と言った。


わたしは全員に声をかけ、クマバスに戻るように言う。ルリーナさんやギル、大人組にも手伝ってもらい、子供たちを集める。

一人でも残して出発したら、大変なことになるので、ちゃんと点呼を取ってから、出発する。

「リズさん、子供たちは大丈夫ですか？」

「ええ、大丈夫よ」

体の大きいギルから、ルリーナさんを確認して、くまゆるバスに乗っているアンズたち7人。くまきゅうバスには、なぜかティルミナさんとゲンツさんの他にマリナとエルが乗っている。

どうやら、フィナとマリナたちが交代したようだ。

全員を確認したわたしは、クマバスに乗り込む。

「それじゃ、出発するよ」

引率の先生になった気分だ。

わたしはクマバスとくまゆるバスとくまきゅうバスをトンネルに向かって動かす。

先ほど、許可をもらったので、クマバスはそのままトンネルの中に入っていく。

トンネルの中は光の魔石が光っていて、明るい。クマバスのライトもわたしの魔法も必要がない。

前を走る馬車も、もちろん前から来る馬車もないので、クマバスはスムーズに進む。

「トンネルの中はこうなっているんですね」

ノアが周りを不思議そうに見ている。

「ずっと、奥まで続いています。ちょっと、怖いです」

トンネルは奥まで続いている。出口は見えない。

「前に来たときは、まだ光の魔石をつけている途中だったので、もっと怖かったです」

フィナがノアの言葉に同意する。

そういえば、まだ、完成していないとき、タケノコを採りにフィナとシュリと通ったことがある。

そのときは半分ぐらいしか、光の魔石は設置されていなかった。

「でも、ユナ姉ちゃんの魔法が明るかったから、大丈夫だったよ」

「フィナもシュリも、一度、ミリーラの町には行っているんですよね。羨ましいです」

クマバスは走り続け、トンネルに入った初めは楽しそうにしていた子供たちも、延々と続くトンネルに飽きたようで、騒ぐ子もいない。

「ユナさん、トンネルは長いんですか？」

「う～ん、どうだろうね。わたしもくまゆるとくまきゅうに乗って通ったことがあるだけだからね。だから、あまり距離とか分からないから」

トンネルに入って、速度を上げたら、壁に取り付けられている光の魔石が次から次へと後ろへ流れていくのは子供たちを怖がらせた。院長先生からも速度を落としてほしいと言われたので、スピードは抑えている。

「そうなんですね」

「2人も寝ていてもいいよ。着いたら起こしてあげるよ」

シュリは寝てしまい。フィナが椅子から落ちないように、抱きしめている。

「いえ、ユナさんとおしゃべりしますから大丈夫です」

「わたしもユナお姉様とお話しします」

「それじゃ、なにか話してくれるかな？　わたしも単調で眠くなってくるから」

トンネルは初めは面白いかもしれないが、飽きがくる。外と違って、風景が変わることもなく、淡々と続く。催眠効果は高い。だから、話し相手がいるのは嬉しい。

そして、ノアとミサは昔話から、最近の話をしてくれた。

2人が小さい頃から仲が良かったことが分かって、楽しかった。

トンネルの中をクマバスを走らせていると、正面にトンネルの出口が見えてくる。

「みんな！　そろそろトンネルを抜けるよ」

「本当⁉」

「うみ？」

わたしが後ろに向かって言うと、暇そうにしていた子供たちの反応が大きくなる。

まあ、延々と代わり映えがしないトンネルの中を通っていたから仕方ない。

「ユナお姉ちゃん。うみなの？」

「トンネルを抜ければ見えると思うよ」

隣に座るノアとミサは前かがみになり、子供たちもクマバスの横から顔を出す。

寝ていたシュリも、フィナに起こされ、前を見ている。

「あまり、顔を出すと危ないよ」

クマバスがトンネルを抜けると、視界の先に海が広がる。

目の前には障害物がなく、道が続くので広がる海がよく見える。それに晴れているおかげもある。雨が降っていなくてよかった。

前回、フィナたちと来たときといい、日頃の行いがいいから、神様も晴れにしてくれたのかもしれない。

「海です」

「大きいです」

「すごい」

「うわぁ～」

子供たちが騒ぐ。それを院長先生やリズさん、ニーフさんが静かにするように言うが、子供たちは興奮して話を聞かない。

「院長先生たちの言うことを聞かないと、引き返すよ」

「え～～～」

「海に来るときの約束を忘れていないよね。自分勝手に行動しない。院長先生たちの言うことはちゃんと聞くって。別に海は逃げたりしないから、大丈夫だよ」

わたしは子供たちを落ち着かせる。わたしが後ろの子供たちに言った言葉だったけど。隣に座っていたノアとミサは上げていた腰をゆっくり下ろしていた。

でも、目は輝かせながら、海を見つめている。

まあ、海は逃げないけど、天候は変わるかもしれない。明日も天気が良いとは限らない。


さて、このままクマバスを進ませていいのかな？

トンネルの出口の周囲にはなにもない。

前は左右は侵入を防ぐ壁が道なりに作られている。

ちなみに後ろを見れば、クマの石像が立っているのは言うまでもない。前を見ているみんなは気づいていない。

前方を見ると建物が見えるので、道なりにクマバスを進ませる。

建物は町を出ていくための街道とトンネルに向かう道が重なる場所に立っている。

町をここまで広げるって言ってたから、ここがミリーラの町の入り口になるみたいだ。

建物までやってくると、見覚えのある人が立っている。名前は知らないけど、初めてミリーラに来たときにいた門番の男性だ。男性は横から来るクマバスには気付かずに暇そうに欠伸をしている。そして、何気なく、わたしたちのほうを見た瞬間、驚きの表情に変わる。

クマバスが近くに来るまで気付かないって、ちゃんと仕事をしているのかな。

わたしはクマバスを停めて、顔を出して挨拶をする。

「久しぶり」

「……白クマ……クマの嬢ちゃんか？　久しぶりだな」

だから、なんで疑問形なのかな？

黒が白に変わっただけだよ。こんなに分かりやすい格好をしているのに、悩む理由が分からない。

「町の入り口はここになったんだね」

「ああ、ここなら、トンネルから来る者、街道からやってくる者を同時に確認することができるからな」

「それにしては暇そうにしていたね」

「ちょうど暇な時間なんだよ。忙しいのは、朝いちばんに出発する時間帯とトンネルが閉まる直前だな。あとは来るのはまばらだから、比較的暇になる」

「だから、欠伸なんてしていたんだね」

「見ていたのか」

男性は頭をかいて誤魔化そうとする。

「それで、なんで今日は白クマなんだ。それにこの変な乗り物はなんだ？　馬もいないのになんで動いているんだ」

「変じゃありません。くまさんの馬車です」

「そうです。変ではないです」

わたしの代わりにノアとミサが否定してくれる。さらに後ろに乗っている子供たちも「くまさんだよ」「変じゃないよ」「可愛いよ」と言ってくれる。

擁護してくれるのは嬉しいけど。クマバスを変と思わないで、これが常識と思われても困る気持ちもある。正しい常識を教えるべきか、このままにするべきか悩むところだ。

「すまない。別に悪いとか言っているんじゃない。クマの嬢ちゃんらしい乗り物だと思っただけだ。それに白クマの格好も似合っている。嬢ちゃんらしい格好だ」

子供たちの抗議にあい、否定する男性だけど。白クマ姿が似合っていると言われても、嬉しくない。だからといって、似合っていないと言われても嬉しくない自分がいる。

「それで、このまま、このクマ馬車?で町へ行くのか? きっと騒ぎになるぞ。それでなくても嬢ちゃんは有名人なんだから」

やっぱり、そうなるよね。

過去の出来事が思い出される。

クラーケンを討伐した翌日のお祭り騒ぎは大変だった。いろいろと声をかけられて、町じゅうの人が食べ物を持ってくる有り様だった。でも、フィナとシュリとタケノコを採りに来たときはそうでもなかった気がする。

もちろん、お礼は言われたりしたが、騒ぎにはなっていない。

「一応、嬢ちゃんの迷惑になることはしない決まりにはなっているが、全ての住民が守るとは限らないからな」

そう考えるとクマバスで移動しないほうがいいかな?

ここから、クマハウスまでは歩いてもそれほどの距離ではない。それに子供たちもクマバスから降りたそうにしている。

「みんな、ここから歩いていこうか?」

「降りていいの?」

「いいけど、勝手にどっかに行ったらダメだよ。ちゃんと院長先生たちの指示に従うんだよ。

みんなが早く海に行きたいのは分かるけど。まずは泊まることになっているわたしの家に行くよ」

「それじゃ、わたしが先に降りますね」

ノアが一番に降りると、子供たちも続く。

「みんな、慌てないで降りてね」

「前から、順番だよ」

「走ると危ないよ」

リズさん、ルリーナさん、ニーフさんが注意する。そして、ギルが一言「ゆっくり降りろ」と言うと、子供たちは素直に従う。

「フィナ、ティルミナさんたちにも伝えてきて」

フィナにくまゆるバスとくまきゅうバスに乗っているティルミナさんたちにも、ここから歩いて家まで向かうことを伝えてもらう。

全員クマバスから降りる。

「嬢ちゃん、この馬車はどうするんだ？」

「アイテム袋にしまうから大丈夫だよ」

全員がクマバスから降りると、クマボックスにクマバスをしまう。

「本当に嬢ちゃんには驚かされることばかりだな」

わたしはおじさんに通行の許可をもらい。みんなのところに向かう。

「ユナちゃん、ここから歩いていくのね」

ティルミナさんが眠そうにしているゲンツさんと一緒にやってくる。

「あの馬車だと、目立つからね」

「でも、こんなに子供を連れて歩いていれば、変わらないと思うわよ」

ティルミナさんが周囲を見る。

確かに、そう言われればそうかもしれない。でも、クマバスよりは目立たないと思いたい。

子供たちのほうを見ると、嬉しそうに海を眺めている。「大きい」「これ全部水?」「しょっぱいんだぜ」といろいろな会話が聞こえてくる。クマバスで一瞬で通り過ぎるより、ゆっくりと海を眺めながら歩くのもいい。

こうやって、子供たちと一緒に歩いていると、幼稚園児や小学生の子供たちを引率する先生になった気分だ。園児を入れるカートがあったら、間違いなく幼稚園か保育園だったね。そんなことを言ったら、小学校高学年にあたる子供たちに怒られる。

年上組はちゃんと小さな子の手を握って、勝手に歩きださないようにしているし、ちゃんと年長者の仕事をしている。自分たちだって、海に駆けだしたいだろうに。

「ユナお姉ちゃん。海、いつ行くの?」

「う〜ん、とりあえず、わたしの家に行ってからだね」

海を見に行くには微妙な時間帯だ。まだ、陽が沈んでいないとはいえ、遊んでいる時間はないと思う。家に着いたら基本的な説明をするつもりだし、説明が終わる頃には陽が沈んでいるかもしれない。

「遊ぶのは明日になるかな？」

「「「え～～～～」」」

子供たちが駄々をこねるように口を尖らせる。

「これ、ユナさんを困らせてはいけませんよ」

「はい」

「ごめんなさい」

院長先生が注意すると、素直に謝る子供たち。

わたしは子供たちの面倒は院長先生、リズさん、ニーフさん、ルリーナさんたちに任せ、アンズたちのところへ向かう。

「アンズたちはどうする？　家に帰る？　それとも一緒に来る？」

「わたしたちが泊まる部屋はあるんですよね？」

「一人部屋じゃないけど、あるよ。セーノさんたちと一緒になるけど」

「それなら、一緒に行きます」

アンズは迷わずに答える。

「いいの？」

「はい。みんなの夕食を作らないといけないし、この時間に家に帰っても忙しいと思います。だから、お父さんたちには、明日会いに行きます」

アンズの言葉にセーノさんたちも頷いている。

「それにユナさんの家って、あのクマさんの家ですよね」

「アンズは知っているんだね」

「まあ、いろいろと話題になりましたからね」

「そうね」

「ミリーラの町に住んでいて、あのクマの家のことを知らない人はいないと思う」

「あの、噂のクマさんの家に泊まれるのは楽しみね」

「ちょっと、知り合いに自慢できるかも」

本当に楽しそうに話す。ミリーラの町に来たら、どうなるかと心配だったけど、大丈夫そうだ。


そして、海沿いの道を歩き、途中で、山に入る道がある。

その道の先に大きなクマハウスがある。

子供たちは海を見ながら歩いているので、山側にあるクマハウスには気づいていない。

「みんな、止まって。ここを曲がるよ」

海を見ているみんなを止める。そして、全員がわたしのほうを見る。

わたしは曲がった先を見て、驚く。

この前、スコルピオンを討伐するために来たときは、急いでいて、壁を越えて、木々に隠れるように通ったので、気づかなかったけど。

道を見ると、石畳が敷かれ、綺麗に舗装されている。そして、道の入り口には関係者以外通行禁止の立て札もある。もちろん、勝手にクマハウスに来られても困るけど。こんな立て札があったのは知らなかった。

わたしは舗装された道を見て驚いていたけど、子供たちや他の大人たちは、別のところで驚いている。

「くまさん？」

「くまさんの顔だ」

「顔が2つあるわ」

クマハウスの前には侵入防止の壁があり、ここからだと、見えるのは顔だけだ。

「ユナお姉ちゃん、あのくまさんの家に行くの？」

「そうだよ」

わたしがそう言うと、子供たちは駆けだしていく。

「もし、迷子になったりしたら、ここに戻ってくるんだよ」

迷子になったとき、クマの家と尋ねれば、連れてきてもらえるはずだ。流石にミリーラの町の人で、クマの家のことを知らない人はいないはずだ。

そして、わたしの言葉をちゃんと聞いたのか聞いていないのか、子供たちはクマハウスに向けて走りだす。海よりもクマハウスに興味を持ったみたいだ。

喜んでもらえるのは嬉しいけど、海に勝つクマハウスって、どうなんだろう。

今回は海が目的だということを忘れないでほしいところだ。

「走ると、危ないから、走っちゃダメ」

そう言いながら、リズさんが追いかけ、ルリーナさんとギルも追いかける。

ニーフさんは小さな子供と手を繋いでいるので、追いかけない。

そんな前を走る子供たちを見て、意気を上げる者がいる。

「みんな、わたしたちも行きますよ。くまさんファンクラブ会員としては負けられません」

「はい。ノアお姉さま」

「うん！」

ノアとミサとシュリの3人も駆けだしていき、後ろにいたマリナとエルも走りだす。

なにか、ノアの口から変な言葉が聞こえたような気がしたけど。たぶん、気のせいだ。気にするのはよそう。

それよりも、エルの胸が揺れるほうが気になる。

「ノア様、嬉しそうですね」

フィナが隣にやってきて、微笑ましそうに言う。

「まあ、楽しんでくれるのは嬉しいからいいけどね。フィナは行かないの？」

「わたしは前に来ていますから」

あのクマハウスを知っているのはフィナとシュリとミリーラ組ぐらいだ。

「シアは？」

シアもここに残って、ゆっくりと歩いている。

「流石に、あの子供たちに交じって走るのは」

前を走っていく子供たちの中に交じって走るのは確かに抵抗があるかもしれない。

「それに、あとで近くで見学をさせてもらうから」

見学もなにも、何もないよ。


クマハウスまでやってくると、子供たちが壁の前でわたしを待っている。

クマハウスの家の周囲は壁があり、入り口には門がある。勝手に入られないようにするためだ。

「ユナお姉ちゃん、早く」

「ユナさん、早く」

「今、開けるよ」

わたしが門の扉を押すと扉が開く。その先では２つのクマハウスが出迎えてくれる。

373　クマさん、部屋割りを決める（1日目）

門を開けて中に入ると、大きなクマハウスの全体が目の前に現れる。

ミリーラの町のクマハウスはクリモニアや旅用のクマハウスのように座っているクマと違って、小さなビルのようにクマが立っていて、全部で4階建てになっている。

「くまさんがふたつ」

クマは2つあり、その2つのクマビルがくっつくように建っている。2つのクマビルは、向かって右側のクマが女の子、左側のクマが男の子と一応分かれているが、中でそれぞれの階が繋がっているので、あまり意味はない。

「娘たちから、話は聞いていたけど。こっちの家もクマなのね」

ティルミナさんがクマハウスを見ながら、呆れたように言う。

クマハウスはセキュリティも万全だ。簡単に壊されることもないし、侵入される恐れもない。

万能クマハウスだ。

「ユナちゃんって、クマ関係のものを作るのをお願いすると嫌がるのに、自分では普通に作るよね」

「それは……」

ティルミナさんが痛いところを突いてくる。

確かに、クマの石像を作るのを嫌がったり、クマの制服のときも渋った。

でも、結構、自分でクマに関するものを作っている。

言い訳かもしれないけど。作るのが簡単だから仕方ない。それに強度が上がるし、他にもいろいろと恩恵が付加される。恩恵はないよりはあったほうがいいに決まっている。

その考え方は、わたしにクマの力を与えた神様の思惑どおりかもしれないけど、仕方ない。

そんなクマビルを子供たちはずっと見上げている。

「ユナお姉ちゃん、ここに泊まるの？」

「そうだよ」

子供たちは嬉しそうにするが、大人たちは微妙な表情をしている。

「ユナちゃん。わたしたちも、ここに泊まるの？」

「可愛くて、わたしには似合わないかも」

ネリン、カリンさんあたりから、少し否定的な言葉が聞こえる。

「それなら、カリンさんたちは庭で野宿する？」

「ユナちゃん。冗談よ。うわぁ、こんな可愛いクマさんの家に泊まれて嬉しいな」

棒読みだよ。

でも、その気持ちは分からなくもない。もし、わたしがクマの能力を手に入れていない普通の女の子だったら、同様のことを思ったかもしれない。今となってはクマの能力は切っても切り離せないわたしの一部となっている。

そんなクマビルを物欲しそうに見ている人物もいる。

「うぅ、ユナさん、なんですか、その可愛いお家は。わたしの家もクマさんにしてほしいです。作ってください」

「ユナお姉さま。そのときはわたしの家もお願いします」

クマビルを見ているノアとミサがそんなことを口にする。クリフのお屋敷をクマハウスにしたら、わたしがクリフに怒られる。グランさんなんて、ショックで気を失って倒れてしまうかもしれない。

だから、わたしは2人にはこう言う。

「そうだね。もし、クリフとグランさんの許可がもらえたら、作ってあげるよ」

わたしは無理難題な条件を2人に与える。あの2人が許可を出すわけがない。ここで、エレローラさんを条件にすると、あの人のことだから、ふざけて許可を出す恐れがある。でも、クリフなら絶対に許可を出したりはしない。グランさんもクリフと同様にしないと思う。

そして、わたしはクマビルを見ているみんなに声をかけて、クマビルの中に入ることにする。

入り口はクマの足の間にある。左右に入り口は2つあるが、わたしは右側のクマビルの入り口から入る。中で繋がっているので、どちらから入っても同じだ。

クマビルの1階はキッチンや食堂などがある。中は2つのクマが繋がっているので、かなりの広さだ。

「ここが食堂だから、食事のときは集まってね」

1階を簡単に説明すると2階に上がる。2階も部屋は分かれているが、廊下で2つのクマビルは繋がっている。

右の部屋が女子、左の部屋が男子の部屋になっている。部屋はそれぞれワンフロアになっているので、学校の教室より広い。20人が寝ても十分に余裕がある。

「一応、そっちが男の子の部屋で、こっちが女の子の部屋だからね。院長先生やリズさんも子供たちと一緒でいいですか？」

「ええ、大丈夫ですよ」

ニーフさんも子供たちと一緒の部屋がいいってことなので、院長先生と一緒にこの部屋に泊まってもらうことになる。

「ギルも男の子たちと一緒でいい？」

「かまわない」

ギルの言葉に男の子たちは喜んで、ギルはそのまま男の子部屋に連れていかれる。

「ユナちゃん。わたしは？」

ルリーナさんが尋ねてくる。

「こっちの女の子の部屋でいいですか？」

「ええ、いいわよ」

ルリーナさんも断ることなく、快諾してくれる。女の子はルリーナさんを連れていく。それから、布団が入っている押し入れのことなどを説明する。

「部屋にあるものは自由に使っていいからね」

「ユナさん、わたしたちもここで寝るのですか？」

「ノアたちは3階の部屋だよ」

一応、ノアたちは貴族の令嬢だ。孤児院の子供たちとはともかく、院長先生たちが気を使って、休まらないことになっても困るので、別の部屋を用意してある。

「ちなみに、ティルミナさんたちや、モリンさんたちも3階だよ」

わたしはノアたち貴族グループと、フィナたち家族、お店スタッフ組を連れて3階に移動する。

3階には個別の部屋が数部屋ある。そのうちの一部屋にフィナたち家族4人に泊まってもらう。

「わたしたち家族で一つの部屋を使っていいの？」

「今回はゲンツさんもいるし、家族旅行って感じで楽しんで」

「ユナちゃん、ありがとうね」

「嬢ちゃん、ありがとう」

ティルミナさんとゲンツさんはフィナとシュリを連れて、部屋の中に入っていく。

「ノアたちは隣の部屋を使って」

ノアにミサ、シア、護衛のマリナにエルの5人は同じ部屋になってもらう。

そして、最後に「くまさんの憩いの店」のモリンさん、カリンさん、ネリンの3人に「くまさん食堂」のアンズにセーノさん、フォルネさん、ペトルさんの7人に同じ部屋になってもらう。

「ユナちゃん、荷物を置いたら食事の準備を始めてもいいかしら、キッチンの状態も見ておきたいし」

「いいですよ」

「お母さん、わたし手伝うよ」

「わたしも」

カリンさんとネリンがそう言うと、

「もちろん、わたしたちも手伝いますよ」

アンズたちも申し出てくれる。

モリンさんたちは、荷物を部屋に置くと、すぐに部屋から出て、1階に下りていく。

わたしも、食材を持っているので、一緒に1階に下りる。

「立派な窯があるけど、一度も使っていないね」

モリンさんが窯を見て確認する。

基本、クマボックスがあれば事が足りるし、ミリーラの町に立ち寄るぐらいで、ほとんど泊まったことがない。

料理も、そんな手を込んだものは作らないので、窯は使っていない。

「ユナちゃん、お皿がないけど」

「ちゃんと、持ってきているよ」

わたしはクリモニアで買っておいた調理器具やスプーンやフォーク、お皿をテーブルの上に並べていく。それをアンズたちが棚や引き出しにしまっていく。

一応、人数分以上の数は用意してきたので、足りるはずだ。

「それじゃ、手分けして、作っちゃいましょう」

モリンさんとアンズが中心になって、手分けをして夕食を作り始める。

2人に任せれば、問題はないだろう。

わたしがキッチンから出ると、子供たちがやってくる。

「ユナお姉ちゃん。海に行っていい？」

「今から？」

「うん！」

夕食はこれから準備をするところだ。まだ、夕食まで時間はある。

でも、そろそろ陽が沈むことには変わりない。

「ダメ？」

子供たちは上目遣いで、わたしを見る。

別に町の中だから、魔物などの危険はないけど。子供たちだけで海に行かせるのは不安がある。

どうしようかと思っていると、ルリーナさんがやってくる。

「ユナちゃん、わたしが一緒に行くから」

「いいの？」

「ええ、ギルと海に行きたい子たちを誘って行ってくるわ。みんな、海を近くで見たくて、落ち着かないみたい。だから、一度海に行かせたほうがいいわ」

確かに、勝手に家を抜け出されたりしても困る。それなら、一度見せておいたほうがいいかもしれない。

それにルリーナさんとギルが一緒に行ってくれるなら安心だ。

「それじゃ、お願いしますね」

「ええ、任せて。それじゃ、みんな。海に行きたい子は家の外に集まるように声をかけてきて」


ルリーナさんがそう言うと、子供たちは嬉しそうに駆けだしていく。

そして、海に行く子はルリーナさんとギルが、クマビルに残る子は院長先生とリズさん、ニーフさんが面倒を見ることになった。


子供たちが外に出ていくと、ノアたちがやってくる。そして、キョロキョロとあたりを見ている。


「なにをしているの？」

「探検です」

「シアも一緒に？」

「マリクスたちへのお土産話にしようと思って」

いや、しなくていいから。

それに探検って、住んでいるわけじゃないから、珍しいものはなにも置いていない。空っぽって言ってもいいぐらいだ。

「ノアたちは海に行かなかったんだね」

てっきり、孤児院の子供たちと一緒に行くかと思ったんだけど。

「行きたかったのですが、明日まで我慢します。今日はこのクマさんの家を探索することにしたんです。ミサ、お姉さま。まずは庭から探検です」

ノアはミサとシアに声をかけて、外に出ていく。

マリナとエルはいなかったけど、部屋にいるのかな?

あとで知ったけど、ミサが「マリナたちは部屋にいてください。ノアお姉様とシアお姉様と3人で探検をします」と言ったらしい。そのときのマリナの顔が見たかったね。

ノアたちを見送ったわたしはお風呂の準備をするために4階へ移動する。前回、フィナとシュリと来たときは、準備が遅くなって、湯船にお湯を張るのに時間がかかってしまった。だから、今回は早めに準備をする。


4階にある風呂場にやってくる。右と左で男子用と女子用とに一応分かれている。

わたしは女子用の赤いのれんをくぐり脱衣所を通り、風呂場に向かうと、そこにはフィナとシュリの姿があった。

「お姉ちゃん。お湯出すよ」

「いいよ」

「2人とも、なにをやっているの?」

尋ねなくても分かる。フィナは掃除道具を持ち、シュリがお湯を出している。2人はお風呂の準備をしてくれているみたいだ。でも、尋ねずにはいられなかった。わたしは2人にそんなことは頼んでいない。

「その、前に来たとき、お風呂が間に合わなかったから、先にやっておこうと思って。ユナお姉ちゃんに許可をもらおうとしたんだけど。モリンさんたちと話をしていたから邪魔をしちゃ悪いって思って。だから、勝手に準備をしていました。ごめんなさい」

どうやら、フィナもわたしと同じことを考えていたみたいだ。

「別に謝らなくてもいいよ。わたしもそのつもりで来たんだし、ありがとうね。それで男子風呂のほうはまだ？」

「はい、こっちが終わったらやろうと思って」

「それじゃ、わたしも手伝うから、一緒にやろうか」

「はい！」

「わたしもてつだうよ～」

3人でお風呂の準備をする。

「そういえば、ティルミナさんとゲンツさんは？」

「お散歩しながら外の景色を見ていました。お母さんもお父さんも、ユナお姉ちゃんに感謝していました」

風景も綺麗だもんね。ティルミナさんとゲンツさんの新婚旅行にもなるから、たっぷり楽しんでほしい。

2人には男子風呂の簡単な掃除を頼み、わたしはそれぞれの脱衣所にある棚に、タオルやドライヤーを用意しておく。

そして、フィナたちも掃除を終え、クマの石像の口からお湯が出て、浴槽にお湯を溜めていく。

これで、お湯が少ない状態でお風呂に入ることはなくなる。

風呂場から出ようとしたとき、誰かが入ってくる。

「ここはお風呂場ですね」

「ノア？」

「ユナさん？」

入ってきたのはノア、シア、ミサの3人だった。なんでも、庭から1階の隅々まで探検して、2階、3階の探検も終え、4階のお風呂場までやってきたそうだ。

「なにをしていたんですか？」

わたしはフィナ、シュリと風呂の準備をしていたことを説明する。

「言ってくだされば、わたしも手伝いましたのに」

貴族の女の子に風呂掃除って、似合わないような。

「連れてきてもらっているんだから、掃除ぐらい手伝うよ」

「はい。わたしも手伝います」

ノアの言葉にシアもミサも頷く。
それなら、お客様扱いはしないで、明日は3人にも手伝ってもらうことにしよう。

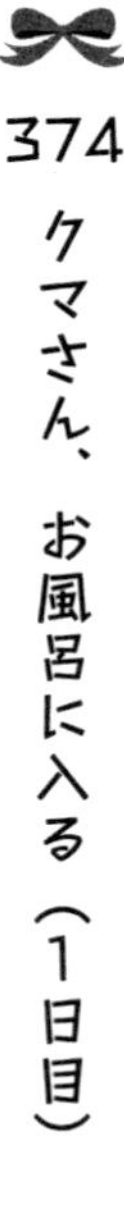

374 クマさん、お風呂に入る（1日目）

風呂の準備を終え、夕食前にわたしとフィナとシュリ、それからノアにミサ、シアの6人でお風呂に入ることになった。男子風呂はともかく、女の子の割合が高いので、分けて入るにしても、時間がかかる。モリンさんやアンズたちは料理中だし、子供たちは海を見に行っている。その付き添いでルリーナさんもギルもいない。ティルミナさんとゲンツさんも散歩中だ。マリナとエルは知らないけど、のんびりとしているはずだ。

そんなわけで、特に何もすることがないわたしたちが、先にお風呂に入ることにした。

各自、一度部屋に戻り、着替えの準備をする。わたしは荷物はクマボックスに入っているので必要はないが、くまゆるとくまきゅうを連れてくるために、部屋に戻る。

部屋ではくまゆるとくまきゅうが丸くなって寝ている。

「くまゆる、くまきゅう、お風呂に入る？」

寝ているくまゆるとくまきゅうに声をかけると、動き始め、「「くぅ〜ん」」と鳴くと、ベッドから降り、わたしの足元にやってくる。

どうやら、一緒にお風呂に入るらしい。

風呂場に戻ってくると、すでにフィナたちは揃っていた。

「くまゆるちゃんとくまきゅうちゃんも一緒に入るんですか？」

「移動中、魔物がいないか、ずっと見張ってくれていたからね。そのお礼に洗ってあげようと思って」

「そうだったんですね。くまゆるちゃん、くまきゅうちゃん、ありがとうございます」

ノアはしゃがむとくまゆるとくまきゅうの頭を撫でる。

「ユナお姉さま、わたしに洗わせてもらえませんか？」

ミサが申し出る。

「わたしも、前のお礼がしたいから、洗いたいです」

シアまで言う。前って、護衛のときのこと？

「わたしも、くまゆるちゃんとくまきゅうちゃんを洗いたいです」

「あ～、わたしも～」

さらにノア、シュリまでくまゆるとくまきゅうの取り合いに参加する。ただ一人を除いて。

「フィナは大人だね」

「……その、わたしも乗せてもらったりしているので、洗ってあげたいです」

「……」

どうやら、フィナもだったらしい。

くまゆるとくまきゅうは一人ずつしかいないので、フィナとシュリがくまゆる。ノア、ミサ、シアがくまきゅうを洗うことになった。

本当はわたしが洗ってあげようと思ったのに。


全員、脱衣所で服を脱いで、風呂場に向かう。

今日のところはくまゆるとくまきゅうのことはみんなに任せて、わたしは自分の体を洗うと、湯船に浸かる。

一日中、運転をしていたから、疲れたね。

座って、ハンドルを持って、魔力を流していただけだったけど、思いのほか疲れた。

湯船に浸かって、フィナたちを見ていると、くまゆるとくまきゅうが泡だらけになっている。

「ふふ、気持ちいいですか？」

「くぅ～ん」

「ぺっちゃんこになってしまいました」

「くまゆるちゃん、お湯をかけるよ」

みんな、楽しそうに洗っている。

そして、体を洗ってもらったくまゆるとくまきゅうはわたしの次に、湯船に入ってくる。くまゆるとくまきゅうは顔だけを出して、気持ちよさそうにする。

　そして、くまゆるとくまきゅうを洗い終えたフィナたちも自分たちの体を洗うと、湯船に入る

「気持ちいいです」

「はい、気持ちいいです」

「マリクスたちに自慢ができます」

　なんの自慢だろうと思いつつ、黙っておく。

「このクマの家も欲しいですが、このお湯が出るクマさんも家に欲しいです」

　ノアがお湯が出ているクマの石像を見ている。

「作らないからね」

「ユナさん、意地悪です」

　別に意地悪で言っているわけではない。そんなものを作ったら、クリフに何を言われるか分かったものではない。面倒ごとはお断りだ。

「でも、ここから見える景色は綺麗ですね」

　窓から海が見える。そろそろ、陽が沈む。

　わたしたちはのんびりとお湯に浸かって、一日の疲れを取った。

　お風呂から上がる頃には、夕食ができ上がり、海に行っていた子供たちやルリーナさんたち

が戻ってくる。

夕食のときには、広かったとか、しょっぱかったとか、海で見たことを話して、盛り上がった。それを聞いた海に行っていない子供たちも行きたそうになっていた。

「明日はみんなで行こうね」

本格的に遊ぶのは明日からだ。


そして、食事を終えると、お風呂に入ってもらうため、大人たちにお風呂の説明をする。

男湯のほうにゲンツさんとギルに、女湯のほうにティルミナさん、リズさん、セーノさん、カリン、ルリーナさん、マリナに来てもらう。

そして、今は誰も入っていないので、男湯のほうの説明はフィナに頼む。

女湯のほうにギルとゲンツさんを招き入れるのは、流石に抵抗があったので、男の湯のほうで説明をする。

わたしはみんなを連れて暖簾をくぐり、脱衣所に移動する。

「広い」

セーノさんが驚く。

「ここが脱衣所。服は籠があるから、脱いだらここに入れて、奥に行って」

風呂場に行くと、全員の目が一カ所に向けられる。

「クマだわ」

「クマね」

「クマの口からお湯が出ているわ」

クリモニアのクマハウスのお風呂に入ったことがあるティルミナさんや、孤児院にも同じようなものがあることを知っているリズさんは呆れ顔だ。

「でも、大きいわね」

4階は全てが風呂場だ。今さらながら大きすぎたと思うが、作ってしまったものは仕方ない。それに、大は小を兼ねるっていうし、狭い風呂よりは広い風呂のほうがいい。

「流石に全員一緒は無理だと思うから、適当に分かれて入って」

入る順番はお任せする。

ただ、周りに建物がないとはいえ、あまり騒がないようにお願いする。風呂場が広いからといって、走って転んだりしても大変だ。

そのあたりはちゃんと分かっているようで、みんな頷く。

最後に窓を開けて、外が見えることを説明する。

風呂場から外の景色が見えることを知ると、みんな驚いていた。クマビルの4階から見える外の景色は、なんとも言えない美しさだった。

わたしたちが入った時間の夕日も綺麗だったが、星や月が照らす夜の海も綺麗だ。

「これだけでも、ここに来たかいがあったわね」

風呂場の説明を終える。

「光の管理と、戸締まりもお願いね」

各部屋の魔石の光を消すことを頼んで、わたしは先に休ませてもらう。わたしが「魔力を使って疲れたから」と言うと全員、了承してくれた。

白クマのおかげで疲れていないけど、眠い。朝は早かったし、一人でクマバスを運転していた。だから、今にも睡魔に襲われそうだ。

わたしはベッドに丸くなって寝ているくまゆるとくまきゅうの間に倒れると、そのまま眠りにつく。

375 クマさん、海に行く（2日目）

翌日、くまゆるとくまきゅうに起こされる。外を見れば、見事な快晴だ。海水浴をするには絶好の天気だ。

わたしが起きて食堂に向かうと、すでに朝食の準備をしているモリンさんとアンズたちがいた。

挨拶(あいさつ)をして、椅子に座って朝食を待つ。

なにもせずに食事が出てくるのは、嬉しいね。

わたしが椅子に座って待っていると、フィナたち、さらに孤児院の子供たち、ノアたちと、次々と食堂に集まってくる。

そして、まもなくしてテーブルにモリンさんたちが作った朝食が並び、全員で食べる。

そして、子供たちは朝食を終えると、すぐに海に行く準備を始める。着替えは各自の部屋で行う。砂浜はクマビルの前の道を下っていけば、すぐ目の前だ。それに海までの道はわたし専用になっているらしいから、水着のまま歩いても問題はないはずだ。

でも、一応、砂浜まで大きめのタオルは持っていくように言ってある。

わたしも準備をするため、自分の部屋に移動する。

そして、自分の部屋から外を見ていると、道を駆けていく子供たちがいる。それをルリーナさんやリズさん、ギルの3人が追いかける。

その後をノア、ミサ、シアも海に向けて走りだしている。そのあとをマリナとエルがついていく。

ここからでも分かるがエルの胸が揺れている。

そして、最後にのんびりと院長先生が歩いていく姿がある。

アンズたちミリーラ出身組は、家族や知り合いに会いに、すでに出かけている。

ニーフさんは子供たちと一緒に海に行くつもりだったらしいけど、院長先生に、

「あなたを心配している人もいるはず。こっちは大丈夫だから、顔を見せてあげなさい」

と言われているのを聞いた。そこにルリーナさんとギルが面倒を見るからと言って、ニーフさんを安心させていた。

それで、ニーフさんはその言葉に甘えて、アンズたちと一緒にミリーラにいる知り合いに会いに行った。

そして、ティルミナさんはアンズの両親に挨拶しに行くため、ゲンツさんと一緒に出かけていった。

一応、アンズを預かっているので、挨拶はしておきたいらしい。アンズの両親に挨拶をした後、ゲンツさんと町を見学するそうだ。

わたしもついていこうかと言ったら、フィナとシュリのことを頼まれた。そんなわけで、今、クマビルに残っているのはわたしとフィナとシュリの3人だけになる。

「ユナ姉ちゃん。まだ～？」

「ま、まだだよ」

部屋の外で待っているシュリに向かって言う。わたしは先ほどまで現実逃避するように外を見ていた。

そう、今、わたしは水着を着ている。どんな水着にしたのかといえば、黒と白のビキニだ。

最終的に水着を選ぶことができなかったわたしはスク水を除いた水着の中から、フィナとシュリに選んでもらった。

でも、水着を来慣れていないので、どうも恥ずかしい。

そんなに太る体質でもないので、お腹は膨らんでいない。でも、引き締まってもいないのでお腹まわりや二の腕はプヨプヨして柔らかい。

鏡を見ると余計に恥ずかしくなってくる。

やっぱり引きこもりに、水着はハードルが高すぎる。

わたしは水着を着たまま、クマの着ぐるみを着ることにする。水着姿で外に出る勇気がない。

くる。

わたしがクマの着ぐるみに足を通そうとしたとき、待ちきれなくなったシュリが部屋に入って
「ユナ姉ちゃん。早く～」

シュリとわたしの目が合う。

「なんで、くまさんの服を着るの？」

「恥ずかしいから？」

「ユナ姉ちゃん。綺麗だよ。似合っているよ」

「はい、とっても似合っています。体も細いし、長い髪も綺麗です」

シュリに続きフィナも部屋に入ってくると、わたしの水着姿を見て感想を漏らす。水着姿を
褒められるのが、こんなに恥ずかしいこととは思わなかった。

「ユナ姉ちゃん、行こう。みんな、行っちゃったよ」

「ノア様も、先に行くって言って出ていきました」

上から見ていたから知っているよ。現実逃避をしていたからね。

シュリとフィナはわたしのところにやってくると、わたしの腕を掴み、クマの着ぐるみを着
るのを妨害してくる。

「ユナ姉ちゃん。大丈夫だから、早く行こう」

何が大丈夫なのか分からないけど。シュリがわたしの腕を引っ張る。今のわたしはクマの装

備はしていない。さらにクマ靴を履いていないから、踏ん張ることもできない。シュリの力に引っ張られる。

シュリ、そんなに力があったんだね。今まで、クマ装備をしていたから、わからなかったよ。

「分かったから、そんなに引っ張らないで」

わたしはクマの着ぐるみを着るのを諦める。シュリとフィナに手を離してもらうと、クマの靴を履き、クマさんパペットを嵌める。そして、クマボックスにクマの着ぐるみをしまう。

つまり、わたしの格好は水着の姿に、いつもどおりのクマ靴にクマさんパペット状態になる。クマさんパペットはアイテムボックスになっているから仕方ない。そして、砂浜までは靴を履かないといけない。だから、なにもおかしくはない格好だ。

そもそも、靴は持っていないんだから、仕方ないことだ。

「フィナは恥ずかしくないの？」

「少し、恥ずかしいです。でも、海で遊ぶのが楽しみです」

フリルがついているビキニの水着だ。色はシュリと同じ白色にしたらしい。くまきゅう色、大人気だね。

「普通の服じゃダメなんですよね？」

「泳ぎにくいし、肌に服がくっつくと、溺れる原因にもなるからね」

「だから、水着を着ないといけないんですね」

「そうだね」

もしかして、わたし、言いくるめられている？

自分でデザインしたとはいえ、水着姿は恥ずかしい。これも、家に引きこもって、海もプールも行ったことがないのが原因だ。わたしにとって、海水浴は未知の領域だ。

わたしは少しでも水着を隠すように大きめのタオルを肩からかける。これで、少しは落ち着く。フィナとシュリもわたしの指示に従って、タオルは持っている。

そして、準備を整えるとフィナとシュリが急ぐようにわたしの手を引っ張って、部屋の外に連れだす。その後ろを子熊化したくまゆるとくまきゅうが無言でついてくる。

くまゆるとくまきゅうはもしものときのための保険だ。まさかクラーケンが現れるとは思わないけど。ここは異世界だ。警戒するに越したことはない。まして、わたしはこんな格好だし。

「ユナ姉ちゃん。早く、早く」

今にも駆けだそうとするシュリ。それを楽しそうに見ているフィナ。2人を疲れた表情で見るわたしの構図ができ上がる。

砂浜にやってくると、シュリとフィナは海に向かって走りだす。

「ちゃんと、準備運動するんだよ〜」

この世界に準備運動の概念があるか分からないけど、そう口にしてしまう。

砂浜を見るとクリモニアから来たわたしたちぐらいしかいない。プライベートビーチと言っ

ても過言ではない。この場所も町の一部になるが、中心部からは少し離れている。だから、ここまで来る人も少ないみたいだ。

わたしはどうしようかと思って、周囲を見る。波打ち際で遊ぶ子供たちの姿がある。全員スク水で、女の子たちは胸のところに名前が書かれている。

そして、その中にはクマの格好をした子供たちがいる。シュリと同様にくまさんの帽子を頭に被っている。後ろ姿を見れば、丸い尻尾らしきものも見える。本当にくまさんの尻尾を作ったんだね。過半数とまではいかなかったけど、くまの水着を着た子が何人かいた。

子供たちが海で遊ぶ中、その様子を見ているフィナがいる。

「フィナは遊ばないの？」

「あのう、ユナお姉ちゃんは泳げますか？」

フィナが遠慮がちに尋ねてくる。

「わたし？　どうかな。小さいときは泳げたけど。この数年は泳いでいないから」

なにぶん、泳いだのは小学生のときが最後だ。自転車などは一度乗れるようになれば、長い間、乗っていなくても、乗れるという話は聞く。でも、泳ぎはどうなんだろう？

「その、わたし泳げないから、教えてくれませんか？」

「ユナ姉ちゃん、わたしも教えて」

やっぱり、フィナとシュリは泳げなかったんだね。クリモニアの近くに小さな川があるとはいえ、病気の母親がいたのでは、遊びにいくこともできなかったはずだ。

「でも、泳ぎならルリーナさんに教わったほうが……」

わたしはルリーナさんを見るが、すでに数人の子供たちがルリーナさんのところに集まって、泳ぎを教わっている。リズさんも手が離せない。

ちなみに、男の子はギルのところに集まっている。

これはわたしが教えるしかないのかな？

「教えるのはいいけど。わたしが泳げたらね」

まずは自分が泳げるかを確認しないといけない。泳げなければ、お手本を見せることもできない。

わたしの条件にフィナは嬉しそうに「はい」と返事をする。

本当に分かっているのかな？　教えるのは泳げた場合だよ。

肩にかけていたタオルを取ると、わたしの柔肌がじわじわと焼けるような感覚に襲われる。

暑い。

でも、泳げるかを確かめるには、手と足につけているクマ装備も外さないといけない。

わたしがクマ靴と、クマさんパペットを外すと、足元の砂から熱が込み上げてくる。

水着姿なのにクマの着ぐるみを着ているよりも暑いって、どうなんだろう。暑さなんて感じないクマの着ぐるみが、恋しくなってくる。

わたしは海に入るため、クマ靴とクマさんパペットをくまゆるとくまきゅうに預かってもらう。クマ装備は譲渡不可のため、砂浜に放置しても盗まれることはない。持ち運べないのだ。ただ、くまゆるとくまきゅうはわたしの召喚獣のためか、譲渡不可のクマ装備の持ち運びができる。だから、なにかあったときは、くまゆるとくまきゅうがクマ装備を持ってきてくれるから、助かる。

本当にくまゆるとくまきゅうは優秀な召喚獣だ。もし、元の世界に戻ることがあっても、くまゆるとくまきゅうと一緒に帰りたいものだ。

くまゆるとくまきゅうにクマ装備を渡したわたしは素足で砂浜を歩く。足の裏が焼かれるように熱い。子供たちを見れば、平気そうにしている。鍛え方が違うのかな?

引きこもりのわたしと、毎日、動き回っている子供たちとでは、分かりきった差だ。

わたしは海に入る前に軽く準備運動をする。準備運動をせずに海に入れば、足をつったりするのは目に見えている。クマ装備がなければ、わたしなんて一般人以下の身体能力だ。

ちゃんと準備運動したわたしは海に足を入れる。

小さな波が、わたしの足を濡らす。そして、ゆっくりと海の中に入る。

「冷たっ」

「ユナお姉ちゃん、大丈夫ですか!」

思ったより、海水が冷たかっただけだ。

「大丈夫だよ」

返事をすると、お腹ぐらいの深さのところまで来る。

まあ、試しに泳ぐだけだ。このぐらいあれば十分だ。

わたしは体を横にして平泳ぎをしてみる。

おお、泳げる。小学生のときに泳いだっきりだけど、体は覚えているものだ。

それから、クロールや背泳ぎもできた。

バタフライはできないよ。やったことがないからね。

「ユナ姉ちゃん、凄い」

シュリが褒めるが、気恥ずかしい。ほんの少し泳げるだけだ。遠泳は体力的に絶対に無理だ。短い距離を泳げるだけだ。

一応、泳げることは判明したので、フィナたちに教えることにする。

わたしは、くまゆるとくまきゅうのところに移動して、クマさんパペットを嵌(は)めると、クマボックスからビート板を取り出す。ビート板といっても木の板だ。流石(さすが)に元の世界のようなものはないので、その代わりになるものだ。

しかしこの板は他の木の板と違って、浮力が強い。

先日ティルミナさんに相談したら、この木材を教えてもらった。それで作ったビート板を子供たちに渡して、使い方を教えてあげる。

　基本のバタ足だ。

　フィナとシュリはビート板を使って泳ぎの練習を始める。

　……そんな感じで、わたしの水泳の授業が始まったけど、すぐに終了することになった。わたしの体力に限界が来てしまった。泳ぎは覚えていたけど体力がなかった。

「ユナお姉ちゃん、大丈夫？」

　くまゆるの背中に倒れるわたしに、心配そうにフィナが声をかけてくれる。

「大丈夫だよ」

　でも、ここまで体力がないとは思わなかった。

「うん、少し休めば大丈夫だよ。だから、フィナも遊んでおいで」

　フィナは覚えもよく、すぐ泳げるようになったので、遊びにいく。

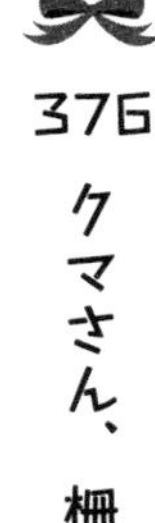

376 クマさん、柵を作る（2日目）

フィナとシュリに泳ぎを教えて、疲れたわたしは休憩場所を求めるが、どこも日差しが強く、休める場所がなかった。

砂浜を見れば、院長先生も暑そうにしている。

すっかり忘れていた。暑さ対策に用意していたものがあった。

わたしは誰もいない砂浜の一部に、海の家・クマハウスバージョンをクマボックスから取り出し、設置した。といっても、テレビで見るような海の家が、クマっぽくなっているだけだ。

わたしは砂浜で休んでいる院長先生を呼んで、クマの海の家で休むように伝える。

「院長先生、ここで休んでください」

もう少し早く思い出していればよかった。

院長先生はお礼を言って、海の家に入って、休んでくれる。

「もし、子供たちが来たら、その冷蔵庫に飲み物も入っていますから、水分を摂らせて、休ませてあげてください」

大きい冷蔵庫もあるし、休憩する場所もある。わたしは院長先生と自分の分の飲み物を取り出し、院長先生に渡す。

「ありがとうございます。飲み物を忘れて、少し心配していたんです」

「たくさんありますから、遠慮なく飲んでくださいね」

院長先生と話していると、海の家・クマハウスバージョンが気になった子供たちがチラホラやってくる。そして、わたしを見ると、首を傾げている。「だれ?」「わからない」「ユナお姉ちゃんかな?」「そうなの?」「そう言われるとユナお姉ちゃんかも?」などと声が聞こえてくる。

どうやら、ハッキリとわたしとは分からないみたいだ。

わたしはクマさんパペットを子供たちの前でパクパクとしてみせる。

「ユナお姉ちゃん?」

「やっぱり、ユナお姉ちゃんだ」

子供たちが笑顔でわたしのところにやってくる。

やっぱり、子供たちはわたしのことをクマで認識していたみたいだ。

そんなわたしたちのやり取りがおかしかったのか、院長先生が笑いだす。

「ごめんなさいね。おかしかったから、つい」

怒るつもりも、文句を言うつもりもないけど。今の、笑うところあったのかな?

それから、子供たちは院長先生に、いろいろなものを見せる。

「綺麗な貝を拾ったよ」

「わたしのほうが綺麗だよ」

「両方とも綺麗ですよ」

「院長先生にあげる」

「わたしも」

「ふふ、ありがとう。大切にしますね」

それからも、子供たちは院長先生にいろいろと見せにくる。

小さいカニやヤドカリ、ヒトデまで拾ってくる。ヒトデを拾ってきたときは、慌てて捨てさせた。

気持ち悪いのは持ってこないでほしいものだ。

とりあえず、クマの海の家にやってくる子供たちには、水分を摂るように言って、水を飲ませる。そのときに、毎回後ろ姿を見ることになり、クマの尻尾がついている子を見ると、ため息が出てしまう。

どうして、こんなことになったかな。


しばらくすると、ルリーナさんが子供を連れてやってきた。

「ユナちゃん、相変わらず、驚くことをするわね。ここも、クマの形をしているし」

クマの家は壊れにくいので、念のためだ。子供たちの安全面を考えたら、わたしの恥ずかしさは二の次だ。

「まあ、ルリーナさんも疲れたら休んでくださいね」

「ユナちゃんは、すでに疲れているわね」

体力と精神、両方で疲れている。

「それにしても、ユナちゃん。髪がそんなに長かったのね。それに体も細くて華奢（きゃしゃ）なのね」

ルリーナさんが、ジロジロとわたしの体を見るので、タオルで体を隠す。

「子供たちが戸惑うのも分かるわ。わたしも子供たちとのやり取りを見ていなかったら、この美少女だれ？　と思ったわよ」

「ルリーナさんも美人ですよ」

「ふふ、ありがとうね」

ぷにぷに、ぷにぷに。

わたしはルリーナさんのお世辞は聞き流し、ルリーナさんを褒める。

実際にルリーナさんは美人さんだ。よく、こんな美人がデボラネと一緒にいたものだ。

ぷにぷに、ぷにぷに。

それにわたしと違って水着が似合っている。

ルリーナさんの水着もビキニだった。シンプルな白い布地で作られている。だけど、そのビキニには綺麗な花柄の刺繍（ししゅう）が施されている。なるほど、柄でなく、刺繍で個性を出しているのかもしれない。

シェリーが見たら、クマの刺繍の水着を作ったりしないか心配になってくる。

まあ、水着を作る機会はもうないはずだから、大丈夫なはずだ。

ぷにぷに、ぷにぷに。

「でも、ユナちゃんは可愛い女の子と思っていたけど、あのクマの中身がこんなに腕や足が細い女の子だとは思わなかったわ」

ぷにぷに、ぷにぷに。

ルリーナさんは先ほどから、わたしの二の腕を握っている。

「こんなに柔らかい腕で、デボラネを殴り倒したのね。信じられないわね」

ぷにぷに、ぷにぷに。

「あのう、ぷにぷにするのやめてほしいんだけど」

「柔らかくて、気持ちいいから」

「ご自分の胸でも触ったらどうですか？」

まちがいなく、わたしより大きい。

「自分のを触っても楽しくないでしょう」

わたしがルリーナさんの手を振りほどくと、ルリーナさんの胸が少し揺れる。

わたしの胸？　揺れないよ。

「それにしても、波は穏やかだけど。子供たちが流されないか、少し心配ね」

ルリーナさんが海を眺めながらそんなことを言いだす。

ここの砂浜の波は比較的穏やかだ。遊ぶには適している。

でも、小さな子供なんて、ちょっと目を離した隙に、溺れたり、波にさらわれることもある。

今は波打ち際で遊んでいたり、リズさんが一緒に手を引いたりしているけど。全ての子供に目が届くわけではない。

それに泳げない子もいるから、安全に遊べる場所を作ったほうがいいかもしれない。

わたしは疲れている体を起こして、日差しが降り注ぐ太陽の下に出る。

わたしが海の家を出るとルリーナさんが尋ねてくる。

「ユナちゃん、どこに行くの？」

「子供たちが安心して泳げる場所を作ろうと思って」

わたしが砂浜を歩くと、くまゆるとくまきゅうがついてくる。さらに、くまゆるとくまきゅうの後を子供たちがついてきて、子供たちの後ろには笑顔のルリーナさんがついてくる。変な行列ができ上がる。

わたしは周囲を見て、プールを作るのに適した場所を探す。どこもあまり変わらなそうだ。

左右に砂浜が広がり、途中に岩山があるぐらいだ。わたしは子供たちがいない砂浜に移動する。

このあたりでいいかな？

わたしは波打ち際にやってくると、クマさんパペットを前に突き出す。わたしは思い出したかのように後ろにいる子供たちに向かって注意する。

「前に出ちゃだめだからね」

わたしは再度、クマさんパペットを突き出して魔法を使う。すると海面から棒が無数に突き出る。感覚的に横に25mぐらいの柵ができあがる。

これで、流されても柵があるから、その先には流されないはずだ。安心して、子供たちを波打ち際で遊ばせることができる。

「ルリーナさん、子供たちはここで遊ばせてあげてください。もし、狭いようだったら広げますから」

「相変わらず、簡単に魔法を使うわね。了解、リズやギルを誘って、こっちで遊ばせるわ」

ルリーナさんはここから、大声でリズさんたちを呼ぶ。そのルリーナさんの声で他の遊びをしていた子供たちも集まってくる。フィナやシュリの姿もある。

リズさんはやってくると、柵があることに最初は驚いていたが、すぐにわたしにお礼を言って、子供たちと遊び始める。

ギルも子供を背中に2人乗せてやってくる。無表情で歩いているけど、重くないのかな？

それにしても、相変わらずの筋肉だ。

わたしがギルを見ていると、ギルとわたしの視線が合う。

「…………？」

だけど、ギルはわたしのことはスルーして砂浜に座り、子供たちのことを監視し始める。

今のはなんだったんだろう？

「ユナちゃんのことが分からなくて、考えるのをやめただけよ」

ルリーナさんがギルの行動について説明をしてくれる。

そんなに、クマじゃないと、わたしだってことは分からないものなのかな？

わたしは気にしないで、遊び道具を出してあげる。大きな板だ。先ほど、フィナとシュリが泳ぐ練習に使った板の大きいものだ。ぷかぷかと海に浮かべれば、フロート代わりにもなる。子供たちが遊ぶ道具にはちょうどいい。

極めつけは、クマの形をした乗り物だ。

プカプカと浮かぶ木でできたクマ。取り合いにならないように3つほど出す。クマの乗り物を出すと、子供たちは嬉しそうに乗る。

これで、わたしの役目は終了だ。今度こそ、わたしは休むためにクマの海の家に戻ってくる。

「喉が渇いた」

「はい、ユナお姉ちゃん」

いつのまにかクマの海の家にいたフィナが水を差し出してくれる。

「ありがとう」

冷えた水が喉を通る。

美味しい。

海を見ると、シュリは孤児院の子供たちと遊んでいる。

「フィナ、楽しい？」

「はい、楽しいです。こんなにたくさんの人と遊ぶのは初めてです。ユナお姉ちゃんに出会ってから、楽しいことがたくさん、起きます」

フィナは笑顔をわたしに向けてくれる。

そう真っ直ぐな目で言われると、恥ずかしいものだ。わたしは恥ずかしさを誤魔化すように、話を変える。

「そういえば、ノアたちがいないけど。フィナは知ってる？」

砂浜に来てから一度も見ていない。

「ノア様ですか？　わたしたちが来たときに、あっちの岩山に行くのが見えました」

フィナは少し離れた位置にある岩山をさす。

「マリナたちも一緒だよね」

「はい、一緒でした」

なら、心配しないで大丈夫かな。

クマの海の家から、海で遊ぶ子供たちを眺める。

海の中では、子供たちとルリーナさん、リズさんといったメンバーが楽しそうに遊んでいる。

ギルは男の子たちに囲まれている。近寄ってくる男の子を捕まえては放り投げている。

男の子たちは何度も放り投げられているが、楽しそうにしている。投げるギルのほうも大変そうだ。

休んでいたフィナもシュリが呼びにきて、連れていかれた。

みんな楽しそうに遊んでいる。本当に来てよかったと思う。

のんびりとそんな子供たちの遊ぶ光景を眺めていると、騒がしくなる。

「これはなんですか!?」

声からすると、ノアのようだ。どうやら、戻ってきたみたいだ。ノアとシアがクマの海の家の中に入ってくる。

「えっと、ユナさん？」

「ユナさん？」

くまゆるをクッション代わりにしているわたしに向かって、「?」マークが2つ並ぶ。

「そうだよ。2人はクマの格好以外も見ているんだから、分かるでしょう?」

「綺麗な人が倒れていたので、一瞬分かりませんでした」

「ユナさん、制服姿も似合っていたけど、その水着も似合っていますね」

「2人ともありがとう」

誤魔化された気がするけど、お礼は言っておく。

それにノアとシアは2人とも可愛いので、そんな2人に言われても微妙なところだ。

ちなみにノアの水着はフィナと同じフリルがついた水着を着ている。フィナの白に対して、ノアは青色だ。シアも可愛らしい水着を着ている。わたしより、大きい。

そんなシアがわたしの体を見る。

「それにしても、ユナさん、体細いですね。こんな、細い体で魔物と戦ったり、ルトゥム様に勝っちゃうんだから、信じられないです」

先ほど、ルリーナさんに言われたのと同じことを言われる。

「学園に通ったら、きっとモテますよ」

お世辞だということは分かっている。

「学園に通う予定はないから、モテないよ」

「残念です」

あまり、鍛えていない体について、触れてほしくないので、話を変えることにする。

「ノアは今まで、どこに行っていたの？　近くにいなかったみたいだけど」

「はい、あっちの岩山のところで釣りをしている人がいたので、それを見たり、お姉さまに泳ぎを教わったりしていました。岩山の反対側にいたので、こんな家があったのは気づきませんでした」

フィナの言っていた通りだったね。

「それで、このくまさんの家はユナさんが作ったんですか？」

「みんなが休憩できるようにと思ってね」

シアの問いに答える。まあ、主にわたしと院長先生しか使っていないけど。みんな、少し休むとすぐに遊びに行ってしまう。体力があるのか、海が楽しいのかわからないけど。たぶん、両方だろう。

「ノアたちも疲れたら休んでね。強い日差しの中で遊びすぎるのはよくないからね。それと冷蔵庫に飲み物が入っているから、しっかり水分を取るんだよ」

「はい。喉が渇いていたので、家まで戻ろうかと思っていましたので助かります」

ノアとシアは冷蔵庫から飲み物を取り出し、美味しそうに水を飲む。

「冷たくて美味しいです」

ノアとシアはわたしの隣に座り、くまゆるとくまきゅうに抱きついて、休み始める。

「それでミサはいないみたいだけど」

一緒にクマビルから出ていったのは見た。でも、戻ってきたのは2人だけだ。

「ミサはマリナと泳ぎの特訓中です。わたしが泳げるようになったので、頑張って泳げるようになりたいそうです」

「学園に行ってからも教わるけど。入学前に泳げると授業も楽になるから、練習することはいいことだよ」

泳げないより、泳げたほうがいい。いつ、水害事件に巻き込まれたり、湖でボートに乗っているときに落ちたり、川で流されたりしたとき、泳げるのと泳げないのとでは、助かる確率は違ってくる。なんでもそうだけど、できないよりはできたほうがいい。勉強でも、スポーツでも、パソコンの扱いでも、自転車に車、乗れないよりは乗れたほうがいい。

わたしの年齢じゃ車の免許はないけど、あったら便利だと思う。こっちの世界じゃ、くまゆるとくまきゅうが車の代わりだね。どっちかというと、バイクかな？

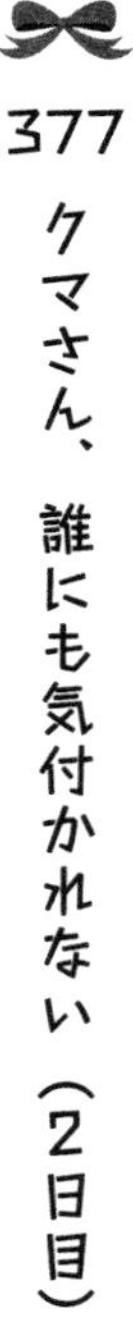

377 クマさん、誰にも気付かれない（2日目）

しばらくして、ミサがやってくると、海の家・クマハウスバージョンを見て驚き、わたしの水着姿をほめてくれる。

そんなノアと同じようなやりとりがあり、疲れたら休むように言う。

「ミサも疲れたら、水を飲んで休むんだよ」

水分補給は大切だ。

「はい、喉が渇いていたので、助かります」

ミサは冷蔵庫から水を取り出すと、美味しそうに飲む。

「それで、泳げるようになった？」

「はい。長い距離は無理ですが、マリナとエルのおかげで少しは泳げるようになりました」

「別に泳げなくても。学園に入ってからでもいいんでしょう？」

「ノアお姉さまが泳げるようになったのに、自分だけ泳げないのは悔しいです」

「わたしのほうが一つ年上です。できればミサには来年泳げるようになってほしいです」

ノアはノアで、お姉さんぶりたいようだ。

そして、休憩をすると、ノアとミサは、子供たちが遊んでいる道具に気づいて、遊びに行っ

てしまう。

それをシアとマリナとエルが追いかける。

エルとマリナのおかげで、ノアたちを見ていないくて済むのは助かる。

一応、貴族の令嬢だ。他の子たちと差別をするつもりはないけど、クリフとグランさんから預かっているから、危険なことだけは、気をつけないといけない。


しばらく、子供たちが遊んでいる姿を院長先生と見ていると、フィナが戻ってくる。

「ユナお姉ちゃん。シュリや子供たちが、お腹を空かしているんですが、お昼はどうしますか？　モリンさんやアンズさん、いないんですよね？」

もう、そんな時間か。

フィナの言うとおりに、モリンさんとアンズたち、料理組はいない。

わたしがモリンさんたちに、昼食のことは気にしないで町を散策していいと伝えたし、アンズたちには久しぶりに会う人たちと、ゆっくりしてきてと言った。

なので、昼食の準備はわたしがしないといけない。

「そうだね。そろそろ、お昼の準備でもしようか」

と言っても、クマボックスから出すだけだけど。

わたしがクマボックスから、パンを出そうと思っていると砂浜が騒がしくなる。

「なに？」

「なんでしょう？」

院長先生は少し、不安そうにする。

「ちょっと見てきますね」

危険かもしれないのに、わたしはクマ靴とクマさんパペットを装備すると、クマの海の家を出る。

そのわたしの後をフィナとくまゆるとくまきゅうがついてくる。

クマの家を出ると、手に荷物を持った男性や女性がたくさん、こちらにやってくる。

なに？

服装からすると漁師かな？　港で見たことがある。

「お〜い、子供たち、これから美味しい料理を作ってやるから、楽しみにしてろよ〜」

男性の一人が海辺にいる子供たちに向かって叫ぶ。遊んでいた子供たちは騒ぎに気づいて集まってくる。

ああ、知らない人のところに行っちゃダメだよ。でも、ギルやルリーナさんたちも一緒だから、大丈夫だと思うけど。たまに無邪気な子供の行動を見ると不安になる。だからと言って、人間不信になってほしくない。優しい人も多くいるから、強く言えない。

「なに、ごはん？」

「おさかながたくさんだ〜」

「おお、今から美味しいの作ってやるからな」

男性は子供の頭を軽く撫でると、調理の準備を始める。

その様子を子供たちが楽しそうに見ている。

いったい、これはどういうこと？

状況を確認するためにわたしは、近くにいる男性に尋ねることにする。

「あのう、これは？」

「嬢ちゃんたちは、クマの格好をした嬢ちゃんの知り合いだろう」

クマの嬢ちゃんって、わたしのことだよね。それなら、本人が目の前にいますよ。でも、いちいち名乗るのは面倒なので、頷いておく。

「それで、クマの嬢ちゃんがたくさんの子供たちと海に来ていることを聞いて、料理を振る舞いに来たんだ」

「誰から聞いたの？」

「アンズちゃんだよ」

どうやら、情報漏洩の元はアンズだったみたいだ。

「それで、クマの嬢ちゃんはいないのか？　一応、許可をもらいたいんだが」

目の前にいますよ。でも、名乗れば騒ぎになりそうだし、信じてもらえなかったときのダメージが深くなりそうなので、黙っておく。横ではフィナが、珍しく笑いを堪えている姿がある。

「それならわたしから、伝えておきますよ」

「そうか？　それじゃ頼む。でも、一応、クマの嬢ちゃんには顔を出してほしいって言っておいてくれ」

わたしは男性から離れる。

さて、どうしたものかと思って周囲を見ていると、今回の騒ぎの犯人であるアンズやセーノさんたちがやってくる姿がある。アンズはキョロキョロとあたりを見渡しながら、わたしのところにやってくる。

わたしはアンズに声をかけようとしたが、アンズはわたしをスルーして、隣にいるフィナに話しかける。

「フィナちゃん。ユナさんがどこにいるか知っている？」

「ユナお姉ちゃんですか？」

だから、わたしならフィナの横に立っているよ。先ほどの男性と同じ反応をされる。尋ねられたフィナは困ったようにチラッとわたしのほうを見る。

「漁師のみんなが昼食を作ってくれることになって、そのことをユナさんに話そうと思ったんだけど」

やっぱり、漁師の人たちだったんだね。でも、話なら漁師の人に聞いたから知っているよ。

「ほら、ユナさんは目立つ格好をしているのに、目立つことを嫌うでしょう。漁師のみんなもユナさんに会いたいみたいなことを言っているし、どうしたらいいかと思って」

どうしたらいいかって、もう断れないし、漁師のみんなは料理の準備に取り掛かっているよ。

「だから、ユナさんに相談しようと思ったんだけど、ユナさん、どこにいるの？」

アンズは、再度、フィナに尋ねる。先ほどから、わたしのほうを見ているが、分かっていないみたいだ。

フィナは困ったようにチラチラとわたしのことを見るので、アンズに声をかけることにする。

「アンズ」

「……えっと、なにかな？」

アンズは首を傾げる。やっぱり、わたしだってことは分からないらしい。わたしはクマさんパペットを見せて、足元にいるくまきゅうを抱きかかえてみる。

「もしかして、ユナさんですか？」

やっとアンズもわたしだと気づいてくれたみたいだ。

「クマの格好をしていないので、一瞬、誰だか分かりませんでした」

いや、一瞬どころか、クマさんパペットとくまきゅうを見せなかったら、分からなかったよね。

そんな言い訳、わたしには通用しないよ。

「一応、状況は分かっているつもりだけど、聞いてもいい？」

「それが、家に顔を出したあと、市場に食材を買いに行ったんです。それでユナさんが来ていることを話したら、代金はいらないって、みんなが言い出して。でも、悪いと思って断ったんです」

うん、それはアンズの反応は正しい。

「それじゃ、なんでこんなことに？」

「それなら、料理をごちそうするならいいだろうってことになって。でも、子供たちもたくさんいるから断ろうとしたら、他の漁師の方も参加し始めて……、こんな状況になりました」

アンズは料理の準備をしている漁師たちを見る。

海辺には10人以上の漁師がいる。

「その、ごめんなさい」

しょぼくれるアンズ。

どうして、こんな状況になったかは分かった。アンズが悪いわけでもない。だから、アンズを怒るつもりはない。

それに、わたしがミリーラに来れば、遅かれ早かれ、同じ状況になった可能性はある。初日は海へ遊びに行かないで、ギルドに顔を出して、騒ぎにならないように言っておくべきだったかもしれない。

砂浜では漁師たちが料理を作りだし、子供たちも喜んでいるので、今日はお言葉に甘えさせてもらうことにする。でも、わたしが来るたびに騒ぎになっても困るので、あとでこのようなことは二度としないようにお願いをするつもりだ。

準備の様子を見ていると、新たに別の人が荷物を持ってやってくる。その中に見覚えがある人物がいた。雪山で救ったダモンさんだ。

ダモンさんがわたしに気づいて、こちらにやってくる。

「アンズちゃん。クマの嬢ちゃんはいないのか？　久しぶりに会うから、挨拶をしたいんだが」

だから、目の前にいるよ。

どうやら、わたしでなく、アンズを見かけたから、こっちに来たらしい。

これで今日、何度目のやりとりかわからない。誰も、わたしだということに気づかない。少し、寂しくなってくる。

いつもは目立つのが嫌だと思っているのに、気づかれないと寂しいと思ったりしている自分がいる。自分のことだけど、わがままなことだ。

今度はアンズが先ほどのフィナと同じような困った表情をすると、わたしに視線を向ける。

「えっと、目の前にいるのがユナさんです」

アンズはダモンさんにわたしの正体を明かす。

「……クマの嬢ちゃんか？」

驚いた表情でわたしを見つめる。

まるで、信じられないものを見るかのようだ。

そんなに水着姿が似合ってませんか？

「クマの格好をしていなかったから、分からなかったぞ。でも、あのクマの中身が、こんなに可愛らしい嬢ちゃんだったとはな」

あらためて、ジロジロと水着姿を見られると恥ずかしい。わたしは一歩下がる。

「それにしても、久しぶりだな。家を作ったんだから、もう少しこの町に来てもいいんじゃないか？　ユウラも会いたがっていたぞ」

「まあ、いろいろと忙しくてね」

クラーケンを討伐してから、いろいろとあった。シアたち学生の護衛の仕事をしたり、アンズのお店を作ったり、ゴーレム討伐、ぬいぐるみを作って王都に行ったり、ケーキを作って、ミサの誕生会に行ったり、エルフの村に行ったり、学園祭に行ったり、砂漠に行ったりと、思い返すだけでも、本当に短い間にいろいろとやっている。わたし、ちょっと働きすぎじゃない？

「あとでユウラも来るはずだから、会ってやってくれ」

「うん、わたしも会いたいしね」

「それじゃ、昼食を用意するから、たくさん食べてくれ」

ダモンさんは行ってしまう。

それから、昼食を作りに来てくれた人たちは、キョロキョロと何かを捜しながら準備をしている姿がある。あれって、間違いなくわたしを捜しているんだよね。

初めに会話をした男性といい、アンズといい、ダモンさん、その前で言えば子供たちにギル、誰もわたしと気づかなかった。

王都では制服姿のわたしに、国王も気づかなかったし、どうやら、わたしはクマの着ぐるみを着ていないと、存在感がないらしい。

わたしは無言でクマの海の家に戻り、更衣室の中に入ると、クマボックスからクマの着ぐるみを出して着る。

そして、クマの着ぐるみを着たわたしは海の家を出る。すると全員の視線がわたしに集まる。

「クマの嬢ちゃん、そこにいたのか」

「捜したぞ」

「相変わらずの格好をしているな」

「どこにいたんだ」

「ああ、ユナお姉ちゃん」

「クマさんだ～」

漁師と子供たちの反応が一斉に変わる。

さっきから、目の前にいたし、相変わらずの格好って、さっきまで水着姿だった。誰も気づかないから、クマの着ぐるみを着直して来たまでだ。

それに子供たちが嬉しそうにしているのは気のせいだろうか。きっと、気のせいだ。

「アンズから話は聞いたけど、ありがとうね」

「気にするな。美味しい料理を作ってやるから、食べてくれ」

男性の言葉に全員が頷く。

囲まれて、クラーケンのことを礼を言われたりすると思ったけど、そんなことはなかった。遠くから声をかけるぐらいで、近寄ってきたりはしない。

「たぶん、クロお爺ちゃんにユナさんの迷惑になることはするなって言われているからだと思います」

アンズが苦笑いしながら、教えてくれる。あのお爺ちゃん、影響力あると思ったけど。本当にあるんだね。

町の有力者の一人って言っていたっけ。あとでお礼を言わないといけないかな？

「ユナさん、人気者ですね。この町でなにをしたんですか？」

シアがノアたちを連れてやってくる。

「クリモニアに繋(つな)がるトンネルを発見しただけだよ」

シアやノアがクリフやエレローラさんから、どこまで聞かされているかわからないけど、そう答えておく。ミサやマリナたちも側にいるから、下手なことは言えない。

「だから、トンネルの前にクマがあったんですね」

シアは少し含みがある顔をする。もしかして、聞かされている？

でも、こんなにたくさん人がいるところで、尋ねることはできない。シアも聞いてこないので、わたしも答えるつもりはない。

「でも、ユナさん。いつものクマさんの格好に戻ったんですね。水着姿もよかったけど。クマさんの格好がユナさんらしいです」

「わたしもそう思います」

ノアに続きミサまでが、そんなことを言う。

みんなの頭の中ではクマ＝わたしと公式ができ上がっているみたいだ。

もう、そんなことを言うとクマを脱がないよ。

378 クマさん、日焼けを回避する

　わたしたちは昼食に、漁師さんたちが作った料理をごちそうになることになった。鉄板や網の上で魚や貝などが焼かれる。とてもいい匂いが漂い、子供たちは今か今かと待つ。そして、焼かれた魚介類が子供たちに渡されていく。

「熱いから、火傷に気をつけろよ」

　おじさんは注意をしながら、渡していく。

「美味しそうです」

「フィナももらいに行ったら？　シュリは食べているよ」

　シュリはすでに、孤児院の子供たちに交じって列に並び、料理を手に入れている。その近くにはノアたちの姿もある。

「わたしは最後でも」

「そんな遠慮していると、なくなっちゃうよ」

「大丈夫よ。食べきれないほどの食材を持ってきたから」

　ユウラさんがやってくる。その手には料理がのっているお皿を持っている。

「はい、ユナちゃんとフィナちゃんの分よ」

ユウラさんが、お皿にのった料理を渡してくれる。どうやら、わたしたちの分を持ってきてくれたみたいだ。わたしとフィナはお礼を言って受け取る。

並ぶのは面倒だったので、ありがたい。

さっそく、焼きたての魚を食べる。

「味はどう？」

「美味しいよ」

わたしの言葉にユウラさんは嬉しそうにする。

それから貝にタコにイカなどの料理もいただくが、どれも美味しい。

それはわたしだけでなく、隣にいるフィナも、周りにいる子供たち、それからノアたち、ルリーナさんたちも、美味しそうに食べている。料理を作ってくれた漁師さんに感謝しないといけないのに、明日も漁師さんたちに迷惑をかけることになっている。

「ユウラさん。明日、本当にいいの？」

わたしは、新しい料理を持ってきてくれたユウラさんに尋ねる。

「船のこと？」

明日、漁師さんの船に子供たちを乗せてもらうことになっている。

それは漁師の一人が側にいた子供に「船に乗りたいか」と尋ねたのが発端だった。尋ねられた子は、遠慮がちに「乗りたい」と答えた。すると漁師が「乗せてやる」と言ってしまう。すると周りにいた子供たちは次々に手を挙げて「自分も」「わたしも」「僕も」とどんどん増えていく。そこに、他の漁師も会話に参加し始めると、騒ぎが大きくなった。

わたしは迷惑になると思って、止めに入ったけど、子供たちが悲しそうな顔をするし、漁師たちは子供たち側につくし、さらにリズさんやルリーナさんまで乗りたそうにしていたので、わたしが悪者になりかけた。

結局、断ることもできず、漁師さんの言葉に甘え、船に乗せてもらうことになった。

でも、子供たちが、お願いすれば、なんでも聞いてもらえると思ったら大変だ。

このことを帰ってから、院長先生やティルミナさんに話したら、「ユナさんに言われても」「ユナちゃん、自分がしてきた行動を思い返してみて」と言われてしまった。

わたし、甘くないよ。あくまで、ギブアンドテイクだよ。子供たちが頑張っているから、与えているだけだ。でも、ティルミナさんたちの目には、そうは映っていないようだった。

おかしい。

その証拠にわたしは、心を鬼にして、大人たちの言うことを聞かない子がいたら、船に乗るのは中止にすることを伝えた。

子供たちは海が初めてで、船に乗るのも初めてのことだ。どんな行動をすると危険なのか理解していない。ちょっとしたことで、海に落ちる可能性だってある。だから、大人たちの言うことは必ず守るように言った。

一応、ギルやルリーナさん、アンズたちもついていってくれると言うけど、海では何があるか分からない。

海に落ちたときのことを考えると必要かもしれない。

救命胴衣じゃないけど、ビート板で使った板でも、体に巻き付けさせておいたほうがいいかな？


まあ、そんな流れがあって、船に乗せてもらうことになった。

「そんなに気にしなくても大丈夫よ。みんな、ユナちゃんのために何かをしたいのよ。でも、直接、ユナちゃんに何かすると、クロ爺に怒られるから、ユナちゃんの代わりに子供たちに何かしてあげようと考えたのよ。それにユナちゃん、子供たちのことを楽しそうに見ているでしょう。だから、子供たちを喜ばせればユナちゃんが喜ぶと、みんな思っているのよ」

男たちは単純だからね、と小声で言うとユウラさんは笑う。

つまり、子供たちはわたしの代わりってことみたいだ。でも、わたしのところに直接に来ないってことは、よっぽど、クロお爺ちゃんのことが怖いらしい。クロお爺ちゃんには本当に感謝しないといけない。

「でも、ユウラさんはわたしに近寄って大丈夫なの？　他の人になにか言われたりとか」

「それは大丈夫。なんたって、ユナちゃんを連れてきたのはわたしたちだからね。だから、特別」

　もしかして、ユウラさんやダモンさんはわたしを連れてきたことで、感謝される側にいるのかな？

「感謝なんてされていないわよ。ユナちゃんと会ったのは偶然だからね。でも、ユナちゃんと親しくしても文句は言われない程度には大丈夫かな？　でも、それも度が過ぎると文句は言われるけどね」

　ユウラさんは笑いながら言う。

「でも、船に乗せてもらって、漁は大丈夫なの？」

「朝は忙しいけど。漁から戻ってくればあとは魚を販売するだけだからね。そんなに気にしないでも大丈夫よ」

　なら、いいけど。

　船に乗るのも貴重な経験だ。もしかすると、子供たちの中に漁師になりたいって考える子もいるかもしれない。そんな子がいたら、仕事ぶりを見せてもらうのもいいかもしれない。漁師の仕事は大変だって聞くからね。

　そして、昼食も終え、漁師さんたちは片づけをすると帰っていく。

　漁師さんたちのいきなりの登場には驚いたけど、子供たちにはサプライズになったようでよかった。

午後も、お腹が一杯になった子供たちは海で泳ぎ、砂浜で遊び、くまゆるやくまきゅうに乗って遊ぶ。くまゆるとくまきゅうはノアが我慢できなくなって、遊びたいと頼みに来たのだ。わたしは孤児院の子供たちと一緒に遊ぶならいいと言って、くまゆるとくまきゅうの貸し出しの許可を出した。

わたしはもう一度、泳ぐために水着姿になって、フィナやシュリと遊ぶけど、すぐに体力の限界が来て、海の家に戻ることになる。本当にクマ装備がないと子供以下の体力だ。

少しは鍛えないとダメかな？

でも、鍛えたとしても、三日坊主で終わるのが想像がつく。

そして、いろいろとあったけど、誰も怪我をすることもなく、日が暮れる。陽が沈んでいく光景は子供たちの目にも綺麗に映っているらしく、いつまでも夕日を見ていた。

そして、わたしたちはクマビルに戻ってくる。

わたしの体力は限界に来ており、先にお風呂に入らせてもらうことにする。

今はクマ靴を履いているからいいけど、クマ靴がなければ一歩も歩きたくないほど疲れている。明日は筋肉痛になるかもしれない。そうなったら、魔法で治すことはできるのかな？

魔法で筋肉痛を治す。そんなことを考える異世界転移者はわたしぐらいかもしれない。

とりあえず、今はお風呂で体を休めるために、フィナたちを連れてお風呂に向かう。

「みんな、ありがとうね」

お風呂の準備をしてくれたのはフィナとシュリ、それから昨日の約束を守ったノアたちだ。

わたしも手伝おうとしたが、みんなから「部屋で休んでいてください」と、優しい言葉をかけられ、休ませてもらった。そして、お風呂に入れるようになったので、4階の脱衣所にやってきた。

わたしがゆっくりとクマの着ぐるみを脱いでいると、ノアたちは素早く服を脱いで風呂場に入る。

そして、わたしがクマの着ぐるみを脱ぎ終わり、風呂場に入った瞬間、浴室内に叫び声が響いた。

「なに!?　どうしたの？」

「痛いです。痛いです。体がヒリヒリと痛いです」

「うぅ、体が痛い」

声の発信者はノアとミサだった。２人は体を痛そうに擦（さす）っている。

「ユナ姉ちゃん。体がヒリヒリするよ」

「体が痛いです」

シュリもフィナも痛そうに体を擦っている。どうやら、日に焼けたせいで、肌が痛いらしい。海にいるときは気づかなかったけど、ノアたちの姿を見れば、日に焼けた水着の跡が残っている。黒い肌と白い肌が見事にくっきりと分かれている。一日中、日差しの下で遊べば日に焼けて当然だ。

わたしは自分の腕や体を見るが、見事に白い。まあ、海の家で倒れていれば焼けないよね。昼食の間はクマの着ぐるみ姿だったし、日差しの下に長い間はいなかった。そのおかげで日に焼けていない。

「みんな、綺麗に日に焼けたからね。痛いのは仕方ないよ」

「これが日に焼けるってことなんですね」

ノアは自分の日に焼けた体を見る。

「もしかして、ノアは日に焼けるのは初めて？」

「こんなに日に焼けたのは初めてです。ララからいつも、日に焼けないために肌を出さないようにとか、帽子を被らされていた理由が分かりました」

ララさんがノアに注意する姿が目に浮かぶ。ミサも同様なことがあるようで頷いている。

まあ、お嬢様が日に焼けることはしないと思うし、仕方ないのかな？

夏は日傘を持って歩くとか？

ちょっと、ヨーロッパ風の貴族の姿を想像してみるが、ノアにはまだ似合わないね。もう少し大人になれば白い手袋をする姿が似合うかもしれない。

「ユナさん、何か失礼なことを考えていませんか？」

　ジト目でわたしを見る。

「カンガエテイナイヨ」

　わたしはノアから目を離し、フィナたちのほうを見る。

「フィナとシュリは大丈夫？」

「少し、痛いです」

「痛いよ」

　まあ、フィナもシュリも見事に日に焼けている。痛くないわけがないよね。

　でも、４人が痛がる中、一人だけ平気そうに体にお湯をかけているシアの姿がある。しかも、体を見ると日に焼けていない。確か、ノアたちと一緒に遊んでいたよね。なんで？

「お姉様は痛くないんですか？」

「わたしは大丈夫。王都で買った薬を塗ったからね」

「薬って、なんですか!?」

　ノアが驚いたように尋ねる。

「日に当たっても、痛くならない薬だよ。体に塗っておくと、痛くならないんだよ」

　シアが自慢気に答える。

つまり、日焼け止めの薬ってこと？　そんなものがあるの？

「そんなものがあるなら、どうして教えてくれなかったんですか!?」

ノアがわたしが思ったことを口にする。

「だって、自分で経験しないと分からないでしょう。ノアもミサも日焼けぐらいは一度は経験しないと。でも、綺麗な女性を目指すなら、塗らないといけないけどね」

シアは自分の白い腕をノアに見せる。

「お姉様、意地悪です」

ノアはふくれっ面をする。

「子供のうちにいろいろと経験したほうがいいから、教えなかっただけだよ」

シアはお湯が入った桶をノアとミサにかける。２人は叫び声をあげる。ノアとミサはお湯をかけたシアに「やめて」と騒ぎだす。

わたしは疲れているんだから、お風呂ぐらい静かに入ろうよ。

とりあえず、他の子供たちも日に焼けているから、大変なことになるはずなので、今日のお風呂はぬるま湯に設定することにした。熱いお湯よりはマシのはずだ。

わたしはぬるめのお湯にまったりと浸かる。

「もしかして、ユナさんも薬を塗っているから白いんですか？」

シアがわたしの日に焼けていない体を見て尋ねる。

わたしの場合は、体力がなく、クマの海の家で倒れていただけだ。

今回は体力がないことに感謝かな？

でも、日焼けって治癒魔法で治せるのかな？

確か、日焼けって火傷(やけど)の一種だよね。そう考えると、治せるかもしれない。


そして、予想どおりに、わたしたちの後に入った他の子供や大人たちも、お風呂に入ると風呂場に悲鳴が響いたという。風呂を上がった子供たちの体に、アンズたちミリーラ組が薬を塗ってあげている姿があった。痛み止めらしい。

「絶対にこうなると分かっていたからね」

「わたしたちも通ってきた道だからね」

アンズやセーノさんたちが笑いながら子供たちの体に薬を塗る。

まあ、海の町で育てば、日焼けぐらい何度もするよね。

治癒魔法？

シアの言葉じゃないけど、日焼けも経験だよ。数日もすれば気にならなくなるはずだ。

それに、この日焼けも、明日乗る船も、きっとミリーラの町の思い出になるだろう。

現に子供たちはお互いの日焼けを触ったりして、楽しんでいる。
わたしはそんな子供たちを見て、来てよかったと思う。
明日も、楽しい一日になったら、いいな。

くまクマ熊ベアー14

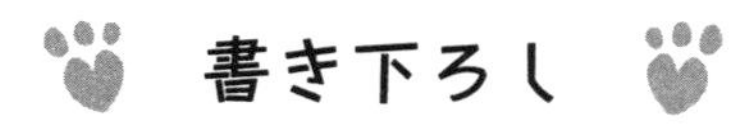
書き下ろし

水着を作る　シェリー編

わたしは海で泳ぐ服、水着を作ることをユナお姉ちゃんに頼まれました。ユナお姉ちゃんは、たくさんの服の絵が描かれた紙を見せてくれました。下着に近いような服でした。これで外を歩くのは恥ずかしいかも。でも、あくまで、水の中で泳ぐための服ってことらしいです。

ユナお姉ちゃんが住んでいた場所ではみんな、このような服を着て中を泳ぐそうです。

とりあえずわたしは、一緒にいたフィナちゃんとシュリちゃん、そしてノアール様の体を測ることにしました。大きすぎたり、小さすぎたりすると、脱げて大変なことになるそうです。

しっかりと測らないといけません。ノアール様がいたのは驚きましたが、ノアール様はわがままを言うこともなく測らせてくれました。

むしろ、ユナお姉ちゃんが体のサイズを測らせてくれませんでした。でも、ノアール様たちのおかげで、なんとか測ることができました。

そして、みんなに選んでもらった水着を作ることになりました。

わたしは水着が描かれた紙を持って、一度お店に戻ると、テモカさんに相談します。

「これが、水着か。話には聞いていたけど、可愛らしいね」

なんでも、海や湖などがある街では水の中で泳ぐ服がちゃんとあるらしいです。ユナお姉ちゃんが言っていたことは本当でした。

「水遊びぐらいなら、問題はないけど。水の中を泳ぐには動きやすい服や布じゃないと、溺(おぼ)れて危険なんだよ」

水の中で泳ぐ。想像もできません。

海はたくさんの水があると聞いています。湖より大きく、クリモニアの街より大きく、一番大きい王都より大きいらしいです。

そんなに水があったら、一生、水に困ることはないです。と思ったのですが、全部、塩水で飲めないらしいです。湖より広い水が全て塩水って、信じられません。

もしかすると、海があれば塩を買わないで済むのかもしれません。羨(うらや)ましいです。

どうして、海が塩水なのか院長先生とテモカさんに尋ねましたが、知らないようでした。本当に不思議です。

とりあえずは、海は湖より大きく、水は塩水で、泳ぐには水着が必要で、それをわたしが作るってことです。

分からないことは、気にしないことにします。

孤児院に戻ってその日の夕食、わたしは全員が集まっているところで、水着のことを話します。すると、みんなが騒ぎ始めます。

どうやら、自分の服を作ってもらえるのが嬉しいみたいです。みんなはわたしがテーブルの上に出した、水着の描かれた紙を見ようとして、わたしの周りに集まってきました。

そして、紙を取ろうとします。

「破けるから、無理に取らないで」

ユナお姉ちゃんが描いてくれた大切な紙です。破かれでもしたら、大変です。

わたしが叫ぼうとしたとき、院長先生が叫びます。

「あなたたち、椅子に座りなさい！」

滅多に怒らない院長先生が怒ったので、みんな静かになり、椅子に座ります。

「シェリーが困っているでしょう」

全員がわたしを見ます。

そして、院長先生はわたしのところにやってきて、水着の絵が描かれた紙を見ます。

「シェリー、あなたが全員の、その水の中で泳ぐ服を作るのですか？」

「はい。ユナお姉ちゃんに頼まれたので」

大変だったら、テモカさんに手伝ってもらうことになっていますが、できる限り一人でやりたい。

院長先生は全員を見ます。

「いろいろな服を作るのは大変でしょう。みんな、これにしなさい」

院長先生は一枚の紙を手にします。それは、大して複雑な構造はしてなく、ヒラヒラなどもついてないので、簡単に作れそうなものでした。

もしかして、院長先生は、それが分かって、選んでくれたのかもしれません。

でも、少なからず、反論の声があがります。

「それでは、色ぐらいなら変えてもいいでしょう。それなら生地を変えるだけで済みます」

そして、話し合った結果、くまゆるちゃん色と、くまきゅうちゃん色の2色の生地で作ることになりました。

でも、くまゆるちゃんとくまきゅうちゃん色にすると、次の問題が出てきました。

一人の女の子が1枚の水着が描かれた紙を見て「くまさんの尻尾と帽子がほしい」と言いだしました。

女の子が持っている紙を確認すると、くまさんの尻尾と帽子が描かれていました。

そのイラストはユナお姉ちゃんがゴミ箱に捨て、シュリちゃんが拾ってわたしに渡してくれたものです。

すると、他の小さい子たちも、イラストを見ると「くまさんがいい」と言いだしました。

院長先生は困った表情をしながら、わたしに確認します。

「シェリー、そのぐらいなら大丈夫ですか？」

「丸い尻尾とくまさんの帽子を作るだけなので」

わたしが簡単ですと言うと、院長先生は許可を出してくれました。

そして、最後に院長先生が水着の絵に描かれている胸の部分を指さしながら言います。

「あとここに名前を入れましょう。そしたら、誰の服か分かるでしょう」

確かに、同じものでは洗濯をしたあと、どれが誰のものか分からなくなります。いまでも、たまに起こっています。

みんなも自分のものと分かるように名前を書くことには反対しませんでした。

そして、食事のあと、わたしはみんなの体のサイズを測るときに水着の色と尻尾の有無を尋ねました。

女の子は見事に分かれましたが、男の子はくまゆるちゃん色に偏りました。男の子は黒がいいらしいです。

尻尾をつけたがるのは幼年組の子が多かったです。

とりあえず、無事に水着が決まってよかった。


そして、わたしは翌日から、みんなの水着作りを始めました。

だいたい、同じようなサイズの子が多いので、同じ型から作れるから比較的ラクでした。

普通の日は、みんなの水着作りをして、「くまさんの憩いの店」と「くまさん食堂」が休みのとき、2つのお店に行くことにします。まずは、「くまさんの憩いの店」です。

「シェリーちゃん、いらっしゃい」

モリンさんが出迎えてくれます。

「カリンお姉ちゃんとネリンお姉ちゃんはいますか？」

「いるわよ」

カリンお姉ちゃんとネリンお姉ちゃんに会いに、お店の2階に行きます。

「シェリーちゃん、どうしたの？」

「お2人の体のサイズを測らせてください」

「えっ、なんで？」

2人は驚いた表情をします。

説明もなく、いきなりだったので、意味がわからなかったみたいです。

「海で泳ぐ服、水着を作るのに必要なんです」

わたしはユナお姉ちゃんから、全員の水着を作るように言われていることを話します。

「なので、お2人の体のサイズが知りたいんです」

「ああ、水の中で泳ぐ服ね。話は聞いたことがあるけど。王都ではあまり泳ぐ機会なんてなかったら、着たことがなかったわね」

「お2人は知っているんですか？」

「まあ、王都はなんでも売っているからね。この暑い季節になると、一部のお店で売っているのを見たことがあるけど、わたしには縁がないものだったから、気にもしなかったけど」

「とりあえず、カリンお姉ちゃんと、ネリンお姉ちゃん。この中から水着を選んでください」

わたしはユナお姉ちゃんが描いてくれた水着のイラストの紙をテーブルの前に並べます。

「ああ、似たようなものが、売っていた記憶がある」

「これ、本当にわたしたちが着るの？」

「はい。ユナお姉ちゃんに言われています」

「これじゃ、お腹が丸見えだよ」

ネリンお姉ちゃんが自分のお腹を触ります。

「最近、少し太った気がするんだよね」

「わたしも」

カリンお姉ちゃんも自分のお腹を触ります。

服の上からでは分かりませんが、そんなに太っていないと思います。でも、カリンお姉ちゃんとネリンお姉ちゃんは気になるみたいです。

でも、お店に来るお客様でも、太ったことを気にする人は多いので、対応策は考えてあります。

お腹が気になるなら、そこが隠れるようにすればいいんです。

「それじゃ、こっちの水着にすれば」

わたしは2人が気にしているお腹が隠れる水着を指差します。

「お腹が隠れる水着だって、布一枚でしょう。膨らんだお腹は隠せないよ」

ダメでした。

確かに、ゆったりとした大きな服なら、お腹を隠せるのですが、水着は肌に密着するので、体型は隠せないかもしれません。

「えっと、本当に着ないとダメ？」

ネリンお姉ちゃんが尋ねてきます。

「ユナお姉ちゃんに、全員の水着を作ってって言われているから、作らないと……」

このままではユナお姉ちゃんとの約束が守れません。

「うわ、泣かないで」

「それじゃ、お母さんは」

「わたしは必要ないよ」

話を聞いていたモリンさんが拒否します。

「お母さんだけ、ずるい。シェリーちゃんも、お母さんの水着を作らないと、ユナお姉ちゃんに怒られるよね？」

「その、モリンおばさんとティルミナおばさんは自由だって言っていました。でも、カリンお姉ちゃんとネリンお姉ちゃんは絶対に作るように言われています」

「ユナちゃん、分かっているね」

モリンおばさんは嬉しそうにしています。

「だから、カリンお姉ちゃんとネリンお姉ちゃんの水着を作らないと、ユナお姉ちゃんに
……」

ユナお姉ちゃんに頼まれたからには、絶対に守りたいです。

「分かったから。でも、しばらくはケーキの試食は控えないと」

「これも、ネリンがわたしにいろいろな試食を頼むから」

「カリンお姉ちゃんだって、わたしにパンの試食をさせるでしょう」

お互いに自分のお腹を触ります。

「海に行くまでに、もっと早く知っていれば」

「海に行くまでに、少しでも体についた肉を取らないと」

カリンお姉ちゃんとネリンお姉ちゃんは、ため息をつきます。

2人はそんなに太っていないと思うんだけど。大人の人は気にするみたいです。お店に来るお客様も、気にしている人が多いです。

体重が少し増えただけで、大騒ぎです。

わたしには分かりません。美味しいものをたくさん食べられることは幸せだと思うんだけど。

それから、2人に水着を選んでもらい、無事に体のサイズを測らせてもらいました。

いろいろと疲れましたが、次は「くまさん食堂」に行って、アンズお姉ちゃんたちの体のサイズを測らないといけません。

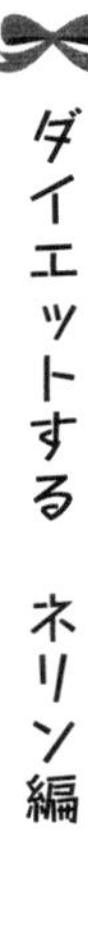

ダイエットする　ネリン編

わたしは初めは王都でモリン叔母さんのところでパンを作りを教わるつもりだったけど、今ではクリモニアの街でケーキを作っている。

ユナちゃんに教わったイチゴのショートケーキは美味しく、大人気だ。最近では季節の果物を使ったケーキを試作している。

ユナちゃん曰く、イチゴはたくさん確保していると言っていたから、いつでも作れるようなことを言ってたけど、それはどうなんだろう。

「カリンお姉ちゃん、これはどうかな」

わたしは新しく試作したケーキをカリンお姉ちゃんに味見してもらう。最初はモリン叔母さんにも頼んでいたけど、途中から、断られるようになった。

年寄りは、寝る前に食べるのは厳禁だそうだ。

モリン叔母さん、まだ若いと思うんだけど。

あと、店で働く子供たちに試食をお願いしようと思ったけど、夕食が食べられなくなるから、あまり食べさせないようにと孤児院の院長から言われている。

なので、基本、カリンお姉ちゃんに試食を頼んでいる。あと、このお店以外にケーキを食べられる宿屋さんがあり、そこの娘さんのエレナさんに頼むこともある。

「今回も美味しいよ」

カリンお姉ちゃんは美味しそうに食べてくれる。

「よかった」

「でも、こっちは分からないね」

ユナちゃんが言うにはお酒が入った大人用のケーキもあるらしい。でも、わたしはお酒を飲んだことがない。試しに一口飲んでみたけど、美味しくはなかった。

大人の人は、本当にこれを美味しいと思って飲んでいるのか疑問だ。

それはカリンお姉ちゃんも同感だったようで、お酒が入ったケーキは断念した。それに、子供たちが働いているし、悪影響が出ても困る。


今日も、一日の仕事を終え、片付けをしているとティルミナさんがお店にやってきた。そして、ミリーラの町に遊びに行く話を聞かされた。なんでもユナちゃんの思いつきで決まったらしい。しかも、驚くことに孤児院の子供たちやお店で働いているわたしたちもみんな一緒にだ。

ティルミナさんが言うには従業員旅行らしい。

従業員旅行ってなに？

ティルミナさんも詳しいことは知らないらしいけど、ユナちゃん曰く、働いているみんなを労うための旅行らしい。

なので、お金は全てユナちゃん持ちで、ミリーラの町に行く馬車代もミリーラの町に泊まる宿屋代も不要で、わたしたちは銀貨一枚払わないでいいらしい。

ティルミナさんの話ではミリーラの町にもユナちゃんの家があるらしいから、そこに全員泊まるそうだ。

全員って、何人いると思っているの？

さらに驚いたのは、休んでいる間の分もお給金を支払われるという。

話を聞いていたモリン叔母さんとカリンお姉ちゃんも呆れていた。

わたしだってそうだ。お店を何日も休みにするなんて信じられないし、お給金ももらえて、旅行も無料で連れていってくれる。開いた口が塞がらないとは、こういうときに言うんだと思う。

行く日にちは決まっていないけど、もう少し暑くなってかららしい。それと、ティルミナさんから、ケーキを販売している宿屋のエレナさんに、旅行に行っている間はケーキが作れないことを伝えておいてほしいと頼まれた。

確かに、いきなり伝えるとエレナさんに迷惑がかかる。

翌日、エレナさんが宿屋で販売するケーキを取りに来た。

「カリンちゃん、新しいケーキ美味しかったよ。お父さんもお母さんも美味しいって」

「よかった。それじゃ、今度、ティルミナさんとユナちゃんに試食をしてもらって、お店に出してみようかな」

「きっと、売れるよ」

でも、販売するのは先になるかな？

わたしは、ティルミナさんに頼まれたことをエレナさんに伝える。

「え、カリンちゃん、ミリーラの町に行くの？」

「まだ、日にちも決まっていないけど、そうみたい。だから、その間はケーキは作れないから」

「うん、それは仕方ないけど。ミリーラの町か、いいな。わたしも行ってみたいな」

「一緒に行く？　ユナちゃんに聞いてみるけど」

ユナちゃんとエレナさんは知り合いだし、連れていってくれるかもしれない。でも、エレナさんは首を横に振る。

「ううん、たぶん無理。そのミリーラの町に行く人や、ミリーラの町から人が来るから。宿屋の娘は、忙しいから休めないよ」

エレナさんの家は宿屋だ。わたしがクリモニアに初めて来たときに泊まった宿屋でもある。

そのとき、仲良くしてもらって、友達になった。お互いの休みのときは一緒に遊んだりしてい

い。


る。でも、ミリーラの町とクリモニアの街を繋ぐトンネルが作られてから、宿屋は大忙しらしい。

　商売としては嬉しいけど、大変みたいだ。

「それじゃ、出発する前に、少し多めにケーキは作っておくね」

「うん、ありがとう」

　ケーキを受け取ったエレナさんは帰っていく。


　今日はお店が休みで、カリンお姉ちゃんとミリーラの町の話をしていると、シェリーちゃんが店にやってきた。シェリーちゃんはお店のクマの服を作った女の子だ。わたしが着ているクマの服もシェリーちゃんが作ってくれたものだ。

　店になんの用だろうと思っていると、海で泳ぐ服を作るので、わたしとカリンお姉ちゃんの体のサイズを測らせてほしいという。

　クリモニアでは見かけないが、水着のことは知っていた。湖や海がある場所では売られている。王都でも、売っているお店がある。

　シェリーちゃんは水着が描かれた紙を見せてくれる。いろいろな種類の水着が描かれている。

　カリンお姉ちゃんとわたしは、水着の絵を見た瞬間、自分の体を触る。とくに、お腹を。

　最近、ケーキの試食をたくさんしている。

水着の絵には、お腹が見えているものもあった。お腹が隠れる水着でも薄い布が1枚で体に密着しているので、お腹のふくらみは隠せない。

わたしとカリンお姉ちゃんは断ろうとするが、シェリーちゃんは「ユナお姉ちゃんに全員の分を頼まれたから」と言って、悲しそうな顔をする。

孤児院の子供たちはユナちゃんが大好きだ。

まあ、話を聞けば、ユナちゃんのことが好きになるのも分かる。だから、基本的に、子供たちはユナちゃんの言うことは聞く。頼まれれば、嫌とは言わない。そもそも、ユナちゃんは変なことはさせないし、子供たちの意見を尊重する。だから、好かれている。

だから、シェリーちゃんもユナちゃんに頼まれたからには、「作れませんでした」とは言えないのだろう。

わたしだってユナちゃんにはお世話になっている。カリンお姉ちゃんもだ。だから、ユナちゃんの指示なら、断れない。

なにより、無料でミリーラの町に連れていってもらう身としては嫌とは言えない。

とりあえず、体のサイズは測ってもらったけど、体についた肉を取らないといけない。とくにお腹。

翌日から、わたしとカリンお姉ちゃんのダイエットが始まった。

まず、新しいケーキを作ることをやめた。絶対にあれが最大の原因だ。ケーキの試作品を食べるようになるまで、わたしの体重はこんなになかったし、お腹も出ていなかったはずだ。

あと食事を少なめにし、運動する。

「お店もあるし、運動はどうしたらいいかな？」

カリンお姉ちゃんに尋ねる。

「朝、早く起きて、お店が始まる前にするしかないと思う」

ケーキもパンも作らないといけない。

翌日から、わたしとカリンお姉ちゃんは朝早く起きると、孤児院の近くで運動することにした。

「いっちに〜、いっちに〜」

わたしのお店に来ていた体が引き締まっている女性冒険者に痩せる方法を尋ねたら、走ったり、体の一部（お腹）は腹筋を鍛えると良いと言われた。

まずは、孤児院の周りを軽く走る。

そういえば、長時間走るのは子供以来かもしれない。子供のときは疲れも知らずに走り回っていた。でも、今では走り回る体力もない。あのころの体力はどこにいってしまったんだろう。

それはカリンお姉ちゃんも一緒で、走り終えると、倒れていた。

「う〜、疲れた。走るのってこんなに疲れるものだっけ？　この数年、店の中で立っていただけだったから、こんなに走れないとは思わなかったよ」

「わたしも」

これ以上は動きたくはない。でも、引き締まったお腹を手に入れるには、運動をしないといけない。

「少し休んだら、冒険者の人に教わった運動をしないと」

わたしとカリンお姉ちゃんは仰向けに寝そべると、上半身を起こす。

「うぅ、上がらない」

足が上がって、上半身が上がらない。

「カリンお姉ちゃん、足を押さえて」

「交代だからね」

わたしとカリンお姉ちゃんは交代で足を押さえて、上半身を起こす運動をする。

10回もやるとキツイ。

「これを、しばらく毎日、何回もやらないといけないの？」

そのことを考えるだけでも、億劫（おっくう）になる。

でも、冒険者は体を鍛えるため、時間があるときはやっているらしい。

それはそうだ。森の奥に入り、歩き続ける体力。魔物と遭遇すれば戦い、逃げれば追いかける。

強い敵と遭遇すれば、逃げないといけない。
体に無駄な肉がついていて動けなかったら、命取りになる。
だから、剣を扱う冒険者は女性でも体が引き締まっている。
そう考えると、本当に冒険者は凄いと思う。
その冒険者のユナちゃんも、きっと引き締まっているんだろうな。
きっと、クマの服の下は綺麗な体をしているんだと思う。
わたしも頑張らないといけない。

そして、いよいよ海に行くときには、苦労のかいもあって、無事にお腹は恥ずかしくないほどにはなった。

くまさんファンクラブ　ノア編

今日、家にフィナとシェリーがやってきました。

「フィナ、シェリー、いらっしゃい。部屋に入って」

「失礼します」

「は、はい。失礼します」

フィナとシェリーが部屋に入ってきます。

「フィナ、シェリーを連れてきてくれてありがとう」

フィナから、水着ができたと連絡が来ました。本当なら、ユナさんの家で試着をする予定だったのですが、ユナさんは、お父様の仕事で王都に行ってしまい、まだ戻ってきていません。

お父様もこんなタイミングで頼まなくてもいいと思うのですが、国王陛下からの依頼だと言われたら、文句は言えません。

なので、シェリーには悪いですが、家に来てもらいました。

わたしはフィナとシェリーには椅子に座ってもらいます。

シェリーは緊張したように縮こまっています。初めて会ったときのフィナのようです。

先日はユナさんがいたから、大丈夫だったみたいですが、ユナさんがいないとダメみたいです。

もしかしたら、家に呼んだのがいけなかったのかもしれません。

わたしはシェリーとお近づきになりたいと思っていたのですが、身分の差は大きいみたいです。

フィナと仲良しになるのも時間がかかりましたので、慌てないようにします。

「それでは、水着を見せていただけますか？」

わたしは優しく声をかけます。

「は、はい。これが水着です」

シェリーは緊張しながら布袋から水着を取り出し、テーブルの上に広げます。

「これが、水の中で泳ぐ服ですね」

絵で見ましたが、布面積が少ないので、少し恥ずかしいですね。

でも、湖や海で泳ぐ場合は普通の服では泳ぎにくく、溺れて危険なので、このような服になるそうです。

でも、一人で着るのが恥ずかしいのは変わりありません。

「シェリー、フィナとあなたの水着はありますか？」

「えっと、はい、ありますが」

「それでは一緒に着替えましょう」

「わたしもですか!?」

「!?」

わたしの言葉にフィナとシェリーが驚く。

「わたし一人が、2人の前で着替えるのは恥ずかしいです。だから、みんなで着替えましょう」

みんなで着替えれば、恥ずかしさは減少すると思います。それに、一緒に着替えれば、話も弾むと思います。

「ダメでしょうか？」

わたしが再度確認すると、フィナとシェリーは顔を見合わせて、小さく頷きます。

「分かりました」

わたしの言葉に、2人は了承してくれました。

シェリーは水着を布袋から取り出し、フィナに渡し、自分の分はテーブルの前に置きます。

「それじゃ、着替えましょう」

わたしが服を脱ぎ始めると、フィナとシェリーも諦めて服を脱ぎ始めます。

テーブルの上に服を置き、代わりに水着を着ます。

やっぱり、布面積が少ないですね。

わたしは部屋にある姿見の前に移動します。布面積は少ないけど、とても可愛らしくできています。

クルッと回ってみると、短いスカートが揺れます。

可愛いですが、これは少し恥ずかしいです。

フィナとシェリーのほうを見ると、2人も着替え終わっています。フィナはわたしと同じようなデザインの水着です。

わたし同様に少し恥ずかしそうにしています。

でも、自分で着ると恥ずかしいですが、他の子が着ているのを見ると、可愛らしいと思います。なので、みんなで着れば恥ずかしさもなくなるかもしれません。

今も一人だったら恥ずかしかったけど、フィナとシェリーが水着を着ていることで、落ち着いています。

でも、シェリーの水着は微妙でした。

黒っぽい飾りのない水着で胸のところに白い布地が貼ってあり、そこに「シェリー」と書かれています。

「シェリー、その水着は？」

確か、ユナさんが描いた絵の中にありました。

「えっと、孤児院の子供たちは、みんな同じ水着を着ることになりました」

「それで、その名前は？」

「ユナお姉ちゃんが描いた絵に名前があったので、書きました。みんな同じなので、院長先生が、これなら、分かりやすいからって」

確かに、孤児院の子供たちは多いです。どれが誰の水着か分からなくなるかもしれません。

「一応、黒と白があって、くまゆるちゃん色とくまきゅうちゃん色があるんです」

シェリーはそう言うと、白い水着を見せてくれます。

「白いほうが可愛いですね」

くまゆるちゃんには悪いですが、白いほうが可愛いように思えます。

でも、わたしたちだけ、違う水着を着るのは気が引けますが、院長先生が決めたのでしたら、口を出すことではありません。

「それで、ノアール様。水着のほうはどうですか？」

シェリーが不安そうに尋ねてきます。

「とても、可愛くできていると思います」

「ありがとうございます」

シェリーは嬉しそうにします。

「それで、サイズは大丈夫ですか？　落ちたり、ずれてきたりはしませんか？」

わたしは体を軽く動かしてみます。ぴったりと布が密着して、ずれたりはしません。

次に、その場で飛び跳ねたりしてみますが、水着はずれることも、落ちることもありません。

「大丈夫です」

わたしの言葉にシェリーは安堵しているようです。

「フィナちゃんは、どうですか？」

フィナもわたしと同じように、体を動かしますが、水着は落ちたり、ずれたりしません。

「はい、大丈夫です」

それでは、最後の確認をすることにします。

「では、次は、お風呂で確認しましょう」

「お風呂ですか？」

「はい、濡れたときの確認も必要だと思って、用意しました」

せっかくなので、お風呂場で確かめることにします。

フィナからもシェリーからも大きな反対意見は出なかったので、お風呂場にやってきます。

「本当に入るのですか？」

「フィナもシェリーも、水着を着て、水の中で確かめたことはないでしょう？」

「はい」

「ないです」

「なら、確かめたほうがいいでしょう。もし、欠陥があったら、大変です」

わたしの言葉にシェリーは頷いています。

「それでは、まずは、わたしが確かめますね」

わたしはお風呂に入る。

「たしかに、これなら、水の中でも動きやすいですね」

裸とは言いませんが、それに近い感じです。

いつも着ている服で水の中に入ると、服に水が染み込んで、間違いなく動きにくくなりますが、これなら動きやすいです。

「フィナもシェリーも入ってください」

わたしは動かない2人の手を取って、お風呂に引っ張ります。

「本当に、動きやすいですね」

「前に、水が服にかかったとき、肌にへばりついて気持ち悪かったけど、これはそんなことはないです」

「はい、わたしも雨のとき、濡れて、気持ち悪かったです」

わたしは経験はないけど、濡れた服を着ると気持ち悪いらしいです。

「ほら、やっぱり、経験をしてよかったでしょう」

「はい。勉強になりました」

それから、お風呂場で水かけっこをしていたら、ララに叱られてしまいました。

水着の確認は終了です。

庭で水着を乾かすことになり、わたしたちは部屋に戻ってきました。

「シェリー、水着は問題ありませんでした。ありがとうございました」

「い、いえ、喜んでもらえて、よかったです」

ここで、シェリーに一つ確認します。

シェリーを家に呼んだ理由の一つでもあります。

「シェリー、クマさんとユナさんはお好きですか？」

「クマとユナお姉ちゃんですか。はい、好きです。くまゆるちゃんとくまきゅうちゃんはとっても可愛いですし、ユナお姉ちゃんはわたしたちを助けてくれました。わたしがこの仕事をしていられるのもユナお姉ちゃんのおかげです」

笑顔で答えてくれます。嘘はありませんね。

「たしか、シェリーがくまゆるちゃんとくまきゅうちゃんのぬいぐるみを作ったんですよね？」

わたしはベッドの上に置いてあるくまゆるちゃんとくまきゅうちゃんのぬいぐるみをシェリーに見せる。

「は、はい。わたしがユナお姉ちゃんに頼まれて作りました」

やっぱり、そうでした。

前に聞いた名前と同じだったので、ピンときました。

「とても、大切にさせてもらっています」

「あ、ありがとうございます」

「それでシェリーには、クマ好きであることを認め、これを差し上げます」

わたしは一枚のカードをシェリーに差し出しました。

「これは？」

「クマさんファンクラブの会員証です」

「クマさんファンクラブ会員証？」

「はい、クマさんを愛する会です」

会員番号は０００５番です。

「……０００５番」

「ちなみに、わたしが会員番号1番で、フィナは2番です」

０００1番は会長であるわたし、０００2番は副会長であるフィナ。

「3番と4番は？」

「3番はわたしの友人の女の子です。４番はフィナの妹のシュリです」

「シュリちゃんが４番」

学園祭のときに0004番の会員証はシュリにあげました。シュリはわたしに負けないぐらい、クマさんが大好きです。

5番目に相応しいのは、くまゆるちゃんとくまきゅうちゃんぬいぐるみを作ってくれたシェリーです。

クマさんファンクラブの会員としても、文句のつけようがないです。

「クマさんファンクラブはなにをするのですか？」

「ユナさんのことやクマさんのことをお話ししたりします」

シェリーはクマさん会員証を見ています。

「わたしがもらっていいんですか？」

「こんなに可愛らしい、クマさんのぬいぐるみを作るシェリーがなれなかったら、誰もなれません。だから、受け取ってください」

「あ、ありがとうございます」

「もし、クマさんことや、ユナさんのことで、何かあったら、お話を聞かせてくださいね」

「は、はい」

ふふ、これで、5人目です。頑張ってクマさんファンクラブの会員を増やしていきましょう。

そして、水着が乾くまで、わたしたちはクマ（ユナさん）談議をしました。

あとがき

くまなのです。『くま　クマ　熊　ベアー』14巻を手に取っていただき、ありがとうございます。

早いもので、クマもコミカライズも含むと18冊目となりました。

そして、皆様に重大な報告があります。すでに帯などでご存知だと思いますが、この度、『くま　クマ　熊　ベアー』のTVアニメ化が決定しました。これも、応援してくださった皆様のおかげです。

前々から、出版社様と打ち合わせがあるたびに、アニメ化したらいいですねという話はしていました。半分冗談でしたが、なったらいいなって気持ちは確かにありました。

そんなある日、打ち合わせで出版社様に行くと、アニメ化の話をいただきました。

すでに、アニメに向けて、いろいろな人が動いています。自分もできる限りのことをさせていただいています。一個人としても楽しみで仕方ありません。

まだ、詳しいことはお伝えすることはできませんが、アニメの放送を楽しみに待っていただければと思います。

そして、書籍のほうですが、今巻ではユナが水着を着ます。制服に続いて水着です。ミリーラの町の話を書いていたときから、いつかは水着回をやりたいなと思っていました。でも、気づけば14巻になってしまいました。ミリーラの町の話が5巻ですので、かなり時間が経ってしまいました。

今巻は、トラブルもなくユナたちが旅行を楽しむ話となっています。もちろん、それだけで終わることはありませんので、15巻を楽しみにしていただければと思います。

最後に本を出すことに尽力いただいた皆様にお礼を。

029先生には、いつも素敵なイラストを描いていただき、ありがとうございます。ユナたちの水着姿が可愛いです。

編集様にはいつもご迷惑をおかけします。そして『くま　クマ　熊　ベアー』14巻を出版するのに携わった多くの皆様、ありがとうございます。

ここまで本を読んでいただいた読者様には感謝の気持ちを。

では、15巻でお会いできることを心待ちにしています。

二〇二〇年一月吉日　くまなの

この本を読んでのご意見・ご感想・ファンレターをお待ちしております。
<宛先> 〒104-8357 東京都中央区京橋 3-5-7
(株) 主婦と生活社 PASH! 編集部
「くまなの」係
※本書は「小説家になろう」(http://syosetu.com) に掲載されていたものを、改稿のうえ書籍化したものです。

くま クマ 熊 ベアー 14
2020年1月17日 1刷発行

著者 くまなの
編集人 春名 衛
発行人 倉次辰男
発行所 株式会社主婦と生活社
〒104-8357 東京都中央区京橋 3-5-7
03-3563-2180 (編集)
03-3563-5121 (販売)
03-3563-5125 (生産)
ホームページ https://www.shufu.co.jp

製版所 株式会社二葉企画
印刷所 太陽印刷工業株式会社
製本所 共同製本株式会社
イラスト 029
編集 山口純平
デザイン growerDESIGN (吉田有希)

 ISBN978-4-391-15293-7